新しい
韓国の
文学

04

この詩集は、二〇〇四年にソウルの創批《チャンビ》から出版された
『申庚林詩全集』（一・二巻）及び同出版社から二〇〇八年に出された
詩集『ラクダ』から作品を適宜選択して翻訳した。
なお、エッセイ「ぼくはなぜ詩を書くのか」は
詩集『ラクダ』のあとがきである。

ラクダに乗って

申庚林詩選集

シン・ギョンニム＝著
吉川凪＝訳

もくじ

農舞《ノンム》

道

角《つの》

First published in Korea by Changbi Publishers, Inc
The『ラクダに乗って』is published under the support of
the Korea Literature Translation Institute, Seoul.

農舞《ノンム》

創作と批評社　一九七五

冬の夜

農協の精米所の裏部屋で
俺たちはムクを賭けて花札を引く
明日は市《いち》の日。商人たちが大騒ぎして
酒幕《チュマク》の庭で雪を払う。
野山はすっかり真っ白だな。雪が
こんこん降ってるのう
米や肥料の値段だの
教師になった村長の娘の話が出て。
ソウルで女中になったプニは
身ごもったんだと。どうすりゃいいのかねえ。

酒にでも酔ってみるか。飲み屋のねえちゃんの
安白粉《おしろい》の匂いでも嗅ぎに行くかね。
この悲しみは俺たちにしかわからない。
今年は鶏でも飼ってみようか。
冬の夜は長く　ムクを食べ。
酒を飲んでは水代《みずだい》について言い争い
女の箸拍子で流行歌《はやりうた》を歌い
散髪屋の花婿を冷やかしてやろうと
麦畑を横切れば　世はいちめんの
銀世界。雪よ　積もって
屋根を覆い　俺たちを埋めておくれよ。
午鐘台《オジョンデ》の陰で
チマをかぶっているあの娘たちに
付け文でもしてみようか。このつらさは

俺たちにしかわからない。
今年は豚でも飼ってみるかな。

田舎の本家

もうぼくは田舎の本家が嫌になった
市《いち》に行った伯父さんはなかなか帰らないし
実の落ちた柿の木で
暗くなるまで鴉が鳴くんだ
大学出の従兄は世の中にすっかり
嫌気がさしたという　友達から来た
手紙を見ていたかと思うと飛び出してゆく
ぼくは知っている　従兄はまた麻雀で
夜を明かすのだ　鶏小屋には
春に売った鶏の羽だけが散らばって
侘しいのに　伯母さんは
また長男が恋しくなったのか　彼の

勉強部屋を片付けながら
壁に張られた座右の銘を見て泣く
我々は貧しいが孤独ではなく　我々は
無力であるが弱くはないという　その
座右の銘の意味をぼくは知らない　ひょっとしたら
彼は今　どこか他の国で暮らしているのだろうか
農協の借金を返すために売られた豚の
檻の前では菊の香りがすがすがしい　それは
ここの長男が植えた花で　新婚間もない彼の妻は
それを抜いて華やかな
コスモスでも植えたいと言うのだが
人手に渡ってしまった田んぼを眺め
赤い目で涙ぐんで溜息をつく　あの
優しかったおばあちゃんも嫌だし

もうぼくは田舎の本家が嫌になった

市《いち》じまい

阿呆どうしは顔さえ合わせりゃ浮かれ出す
床屋の前に立ってマクワウリを剥き
一杯飲み屋でどぶろくあおれば
誰もみな友達に見えてくる
湖南《ホナム》の水不足や農協にできた借金の話
薬売りのギターに合わせて足を踏み鳴らせば
なんでこんなにもソウルが恋しいのかなあ
どっかで花札引こうか
有り金はたいて女のいる店にでも行くか
校庭に集まりスルメを裂いて焼酎飲めば

いつしか長い夏の日も暮れる
コムシン一足　イシモチの一匹もぶら下げて
月明かりの馬車道をよろけて歩く　市じまい

農舞《ノンム》

銅鑼《チン》が鳴る　幕は下りた
桐の木に電灯吊るした仮舞台
見物人の去った運動場
俺たちは白粉《おしろい》が剥げたまま
学校前の飲み屋に押しかけ焼酎を飲む
息詰まる　きつい暮らしが恨めしい
鉦《ケンガリ》を先頭に市場を行けば
ついて来て騒ぐのはガキばかり
娘たちは油屋の塀にもたれて
無邪気にくすくす笑ってら

月は満月　ひとりの野郎が
林巨正《イムコクチョン》のように泣き叫び　別の野郎は
徐霖《ソリム》みたいにへらへら笑うが
こんな山奥であがいたところで何がどうなる
肥料代も出ない畑仕事なんぞ
いっそ女たちに任せちまって
牛市場を過ぎ屠畜場の前を回るころ
俺たちはだんだん浮かれはじめる
片足上げてチャルメラ吹こうか
首を回して肩揺すろうか

雪道

阿片を買いに夜道を歩く
みぞれ降る百里の山道
昼は酒幕《チュマク》の奥でひっそり眠り
飽きたら宿のおかみと花札を引く
無念で愚かしい死を遂げた
亭主の色褪せた写真の下
卑猥な冗談でおかみを笑わせれば
風は裏山の木の枝にからみつき
飢えて死んだ少年たちの怨霊のように泣くけれど
今あるのは力のない二つの拳だけ

一杯のすいとんで腹を満たす時
おかみは身の上話をくどくど語り
俺たちは狂人のよう　やたら笑いがこみ上げる

暴風

自転車屋もスンデクク屋も店を閉めた
人々はみな市《いち》の通りに繰り出して
拳を振り足を踏み鳴らした
若者たちは銅鑼《チン》や鉦《ケンガリ》を叩き
娘たちはその後を歩きながら歌を歌った
綿に石油の火が燃え移り
校庭で時ならぬ相撲《シルム》が始まった
すると突然冬が来て
暗雲がたちこめ　みぞれが降った
若者は散り散りばらばら戸の陰に潜み

老人と女たちだけがよろめきつつ咳きこんだ
その冬の間じゅう　ぼくたちは慄いていた
自転車屋もスンデクク屋も　ついに戸を開かなかった

その日

若い女がひとり
泣きながら棺の後をついてゆく
弔い旗も振鈴《しんれい》もない葬列
煙のたちこめる夕暮れ道に
お化けみたいな影たち
戸も窓もない通り
風は木の葉をなびかせ
人々は街路樹や
電信柱の陰から覗き見る
誰も死んだ人の

名を知らない　月も
出ない　昏《くら》いその日

廃鉱

あの日連行された叔父は帰らなかった
索道が運んだ廃石のボタ山に
タンポポが咲いても　まだ寒かった四月
地下足袋を履いた叔父の友人たちは
うちの土間で焼酎をあおった
ぼくは彼らの拳が震える理由を知らなかった
空き家になった無数の掘っ立て小屋にお化けが出るというので
夜はカンテラでぼんやり明るい裏部屋にこもり
老いた採鉱下請人《トクテ》の作った面子《めんこ》を数えた
風は廃石の破片を戸に叩きつけ

落盤で死んだぼくの友達の父親の
声を真似して泣いていた
戦争が終わったのに村の若者は
一人ずつ消えて戻らなかった
からっぽの金坑は真昼でも鬼神が泣いて
コノハズクの鳴き声が
酔ってくだまく叔父よりもっと　うんざりだった

啓蟄

泥に汚れた下着姿で横たわり
妻は身を震わせながら咳きこんだ。
ひがな一日オンドルの煙道ががたがた鳴って
麹の匂いが鼻をつく精米所の裏部屋。
はだか電球のもと　鉱山の若い連中が
夜更けまで時季外れの花札を引くので
妻の代わりにムクを切って酒を運び
ふいごを回してオンドルを焚き。
米俵を積んできた馬方《うまかた》までが
一緒になって興じれば　いつしか鶏が時をつくり

ボタ運びに出かける妻のため　ぼくは
勝った奴から金をせびってヘジャンククを買いに行った。
啓蟄でもまだ寒い村の市場。
戦争の最中に殴り殺されたユクパリの妻は
誰かれ構わず色目を使いながら
ウゴジたっぷりのヘジャンククを飯にかけて。

失明

日が傾けば下の村の若者たちが
焼酎をぶらさげてぼくの所にやって来た
窓をたたく杏の花の影にすら
妻は驚いて声を上げ
数杯の粗悪な焼酎にぼくたちは浮かれて
部屋の床を踏み鳴らし　庭を巡った
そうしてぼくたちは少しずつ
狂い始めた　大声で泣き
くっくと笑い　ぎゃあぎゃあ喚き　しまいには
妻を引きずり出してコプサチュムを踊らせようとした

妻が耐え切れなくなって下の村に逃げると
ぼくの声はたちまち元気を失った
閏三月《うるう》なのに天気はずっとぐずつき
妻を探すぼくの声は地面に散った
ぼくは連中を振り切って　どこか
遠い都会に行くことを夢見ていた

葦

いつからか葦は内側で
静かに泣いていた
そんなある夜のことだったろう　葦は
自分の全身が揺れていることを知った

風でも月の光でもないもの
葦は自分を揺らしているものが自らの忍び泣きであることに
少しも気づいていなかった
——生きるとは内側でこうして
静かに泣くことだとは

知らなかった

幼児

1

窓の外に雪が積もるのを見ながら　彼は
可愛い、不思議だと目で語る　手を振る
幼い木が葉っぱを揺らす仕草が　ちょうどこんなふうだった

彼はすべての秘密を知っている
雪が降る訳を　またそこから美しい囁きが聞こえるのを
彼は知っている　充実した一つの静物だ

2

少しすればオンマという言葉を覚える　それは彼が
オンマという言葉の持つ秘密を失うことなのだ
だが彼は気づいていない

花、木、星、
こうして楽しく嬉しい気持ちで言葉を覚えながら彼は
そんな物たちが持っている秘密をひとつひとつ失う

3

秘密を全部失う日　彼は完全なひとりの人間になる

そうしてこんなふうに雪の積もる日には
ある少女への思いに苦しんだりもするだろう
小川のほとりを歩きつつ
自らへの郷愁に泣いているだろう

死火山、その山頂にて

こらえ切れないやるせなさが炎となって燃える
天地を揺らす爆音とともに　ある日
地殻を貫いて噴き上がる
狂おしいほどの喜びで彼は何もわからない
炎が空高く上がっては落ち
揺れる山
草木はすべて火に焼かれ
岩は溶けて水のごとく流れる
——一万年が過ぎる　十万年が過ぎる
見よ　今
火を噴いていた火口は

手先が凍えるほど冷たく青い水を湛えている
背の低い高山植物がびっしり生えた山頂には
登山客のキャンプの跡
時折聞こえる山鳥の寂しげな鳴き声が耳慣れない
はるか遠くには川と海と広々とした野原
聴け　あの風の音

ぼくももう　火を噴いていた火口のごとく胸を広げ
風の音だけを胸いっぱいに詰め込むことにしよう
悲しいことがあっても構わない　ああ　今ぼくにどんな
苦しいことがあっても構わない

友よ　君の手に

1

チャンドルの父ちゃんが死んだ日は大霜が降りた
桐の葉散り敷く油屋の外庭
菰《こも》で包んだ亡骸《なきがら》が片隅に転がり
彼の妻はその傍らで失神した

チャンドルとぼくはコマを回した
怖くて帰れないから
日が暮れるまで米屋の庭でコマばかり回した

2

焼酎のグラスを握りしめた君の手に　友よ
鋭い刃《やいば》が潜んでいるのをぼくは知っている
飯屋や立ち飲み屋で会った時
君の眼の中に炎が燃えているのをぼくは見た
君の味方だと何度言っても
信じられないと　すくめる肩を見た

菰に包まれた亡骸の上に落ちていた桐の葉
友よ　ぼくは見た

邂逅

彼女はぼくの顔を忘れたらしい
停留所前の奥まった路地にあるヘジャンクク屋
ぼくらは互いに見知らぬ二人の旅人になり
どじょう汁とどぶろくで腹を満たした

あの工事現場まで百里だそうだ
秋雨は今も変わらず枯草の匂いを放つけれど
雨の降る日には縁側に集まって猥談をしていた
柳屋《ポドルチプ》のおかみの消息は彼女も知らないと言う

変電所の職工をしていた
彼女の夫はぼくの田舎の先輩だった

よくポックを叩きながら相撲場《シルムジャン》を回っていたのに
妙な噂が広まったのち寡婦になった
彼女はもうその事すら忘れたらしい

蕎麦の花まぶしい野道
息を殺した悪口《あっこう》でざわついていた川辺
絶望と憤怒にかられ　ともにむせび泣いた山の風

ぼくらが走ってきた道もあの歌声も
彼女はもうすっかり忘れたらしい
最後まで見知らぬ二人の旅人でいようと言う
たたきつけるような風雨の中　あのぬかるんだ道を
ぼくひとりで走ってゆけと言う

道連れ

その女は十歳になる娘の話をした
欲しがっている白い運動靴と
弁当代わりに持ってゆくサツマイモの話をした

朝から小糠雨が降った
藜《あかざ》に覆われた酒幕《チュマク》の庭は石粉で白く
ぼくは化粧品を売るその女に向かって
にやにや笑って見せた

女の身体に浸みついた生臭い匂いには気づかなかった
貧しい魚屋にまつわる物語を　ぼくは知らなかった

壁時計がのろのろと三時を知らせ
眠りから覚めた夜勤の鉱夫たちが冷やかした
滑石鉱山の麓の村には
朝から雨が降り

いつしかぼくらは道連れになっていた
だが　行き先がどこであるのか
互いに尋ねはしなかった

路地

散髪屋の崔《チェ》さんは　それでもソウルが好きだそうだ
袋にバリカン一つ入れて出かけ
米一袋とサンマ一匹持って帰る
あのぬかるんだ夕方の路地が好きだそうだ
丸椅子に座り一回二十ウォンの散髪をすれば
ぼくは田舎の変電所横の散髪屋に来た気分
酒焼けした赤い鼻と震える手
高齢妊娠でよろついていた彼の女房
崔さんは路地の魚臭さや
絶えることのない喧嘩と言い争いが好きだそうだ
散髪屋に埋もれて古い新聞をめくり
髪をとかし流行の歌を覚え

長い一日が　ぼくたちはずっと退屈で憂鬱だったのに
崔さんはこの急な坂のサンドンネが好きだそうだ
田舎より暗い電灯やアンプの音が好きだそうだ
ぐるになった女たちがはした金をせびろうとする街の
至る所にある貧しさと苛立《いらだ》ちが好きだそうだ
赤鼻さんの障害のある息子の名は何と言ったっけ
農家の手伝いに通っていた娘の名は何だっけ
どこか南方の山奥で旅館をしていたという
散髪屋の崔さんは　それでもソウルが好きだそうだ
路地から集まってくる子供の客や
気の強い　がむしゃらな母ちゃんたちが好きだそうだ

「農舞」訳注一覧

冬の夜

【農協】原文では「金融組合」。農民を対象にした金融機関で、農業協同組合の前身となった

【ムク】澱粉を煮て固めた、コンニャク状の食品。ここでは酒の肴である

【酒幕】居酒屋を兼ねた宿屋

【午鐘台】昼の十二時を知らせる鐘を設置した台

【チマをかぶって…】チマは女性の民族服のスカート。伝統的に女性は外出する際にかぶりものを頭からかぶって顔や体を隠す風習があった。ここでは娘たちが顔を見られると恥ずかしいので、自分のはいているチマを持ち上げて顔を隠しているのである

市じまい

【市じまい】原題は「罷場《パジャン》」で、科挙の試験が終わること、あるいは大勢の人が集まってしていたことなどの終わりを意味する言葉である。当時の田舎で数日ごとに立つ「市」は、単なる物品の売り買いにとどまらず、珍しいものごとを見聞し、大勢の人が集まってにぎやかに過ごす華やかな時間を意味した。クッ（七十六ページ訳註参照）などが行われることもあったようだ。市が終わって残されるのは、祭りの後のような寂しさである

【湖南】全羅道《チョルラ》

【コムシン】ゴム製の伝統的な靴

農舞

【農舞】農民が豊作を祈願したり祈ったりする伝統芸能の農楽《ノンアク》の踊りのこと

【林巨正】十六世紀に実在した賤民階級出身の盗賊の頭目。徐霖はその参謀だが、後に巨正を裏切る

雪道

【百里】日本の一里は韓国の十里に相当する

暴風

【スンデクク】スンデは腸詰のソーセージに似た食品。ククはスープの意

その日

【弔い旗】韓国の葬礼においては、死者を悼む言葉を書いた弔い旗《マンジャン》が棺を運ぶ輿の後に従う

【振鈴】手で振り鳴らす鈴

廃鉱

【索道】物資を運搬するため空中に鉄索を張ってつ

くったロープウェー

【採鉱下請人が作った面子…】採鉱下請人に関しては訳者「解説」参照。当時、面子は新聞紙などを折りたたんで手作りしたそうである

啓蟄

【啓蟄】冬ごもりをしていた虫が這い出る意。太陽暦の三月六日前後

【時季外れの花札】花札は冬に室内で行われる遊びというイメージがある

【ヘジャンクク】酒を飲んだ翌日などによく食べる辛いスープ

【ユクパリ】足の指が六本ある人という意味

【ウゴジ】白菜の外側の葉や大根の葉などのこと

先明

【閏三月】太陰太陽暦では、季節と暦を調整するため、およそ三年に一度、十二ヵ月の他に余分なひと月を加える。これを閏月という。閏三月は、三月の直後に来る

【コプサチュム】コプサはくる病の意。コプサチュムは背中に物を入れてふくらませ、中腰になって踊るリズミカルで滑稽な踊り

幼児

【オンマ】ママ。母ちゃん

邂逅

【ポック】農楽で使用される楽器の一つで、柄のついた小さな太鼓

路地

【サンドンネ】ソウルの郊外などにあった、丘の上に無許可住宅がびっしり建てられた貧民街のこと。「タルドンネ（月の街）」とも。全国各地から農地を失って都会に出てきた人たちなどが住み着いていた

鳥嶺《セジェ》

創作と批評社　一九七九

【鳥嶺】

鳥嶺（六百四十二メートル）は
慶尚北道《キョンサンブク》聞慶《ムンギョン》市と忠清北道《チュンチョンブク》槐山《クェサン》郡の
境界をなす嶺。鉄道が通るまでは
中部地方と嶺南地方をつなぐ
交通の要であり、軍事上の要衝地でもあった。
なお、「鳥嶺」という漢字は韓国で
「チョリョン」と読まれるが、
ここでは現在一般的に使われる固有語
（「セ＝鳥」＋「ジェ＝嶺」）を当てた。

牧渓市場《モッケチャント》

雲になれよと空は言い
風になれよと地べたが言う
青龍と黒龍が戦い終わった雨上がりの渡し場に
雑草を起こすそよ風になれと
ソウルから舟で三日の牧渓の渡しを
五日ごとに訪れ朴家粉《パッカブン》を売る
秋の日差し侘しい小間物売りになれと言う
野の花になれよと山は言い
小石になれよと川は言う
山の霜が冷たいときは草むらに顔を埋め

水の流れが早けりゃ岩の後ろにくっついてろと
鍋にカワエビ煮え立つ土間の縁側で
九年に七日ばかりは呆《ほう》けたごとく
荷物を下ろしてひと休みする　さすらいびとになれと言う
風になれよと空は言い
小石になれよと山が言う

オホ　タルグ

オホ　タルグ　オホ　タルグ
風の吹く日は塀の裏
川が荒れれば道を変え
花の咲く日は悔しさに泣き
峠むこうの市場で　ひがな一日飲んだくれ
オホ　タルグ　オホ　タルグ
人間なんてまるで雑草
踏まれ　切られて　潰される
時節過ぎれば世はまた暗く
空いちめんに砂埃《すなぼこり》

オホ　タルグ　オホ　タルグ
旅商《たびあきな》いは呑気《のんき》だったね
夕陽悲しい市じまいの裏通り
捨てきれない未練みたいな露店をたたみ
今じゃお陀仏　土の中
オホ　タルグ　オホ　タルグ

四月十九日、故郷にて

夜通し戸ががたがた鳴って
湿った風が路地を吹き抜ける
崩された塀や散らかった堆肥の山に
杏の花が咲き
咲き乱れて　折られ　踏みにじられ
それでもまた咲く四月

ぼくは南漢江《ナマンガン》上流のさびれた町に帰り
通禁《トングム》のない　がらんとした通りをうろつき
いつしか忘れていた

あの日の喊声を思った
箒で掃かれるごみのような日々
石ころのように転がりつつ過ごした歳月

再びあの日の鐘の音が聞こえるだろうなどと
誰も信じない夜は暗かった
友を思った　冷たい石に額をつけ
深い眠りについたであろう友を
その爪に染みこんだ血の痕を

四月なのに風は冷たく
杏の花が咲いてもすすり泣く声はいっそう高まり
湿った風は花の枝にすがりついて
友人たちの泣き声みたいにおんおん鳴った

躑躅《つつじ》も連翹《れんぎょう》も咲き
折られ　踏まれて　また咲く四月
夜明けはなかなか来なかった

奥地日記

通りにはまだ秋の日差しが熱かった
黍畑に風が立ち
ポプラの木が黄色く褪せても
滑石鉱山に向かうトラックが町じゅうを
埃で覆う秋分の日

その濁った空気の中でぼくは
ある女と知り合った
ぼくたちは恋をすることになったらしい
くたびれて気の抜けた　あの退屈な恋を

林檎の実った果樹園を回り

その池に行くと　女はすぐに
言葉を失い　ぼくは傍らで
苦い焼酎を飲んだ

ぼくの友人たちはどこにもいなかった
池の上に昼の月が浮かんだが
さまようのは無数の怨霊ばかり
女はいっそう言葉を失ったけれど

暮らしはどんどん逼迫し　秋になっても
町は埃にまみれていた
水辺の飲み屋で板の間に座れば
櫛売りの行商の渋い歌声が
池を渡る風に乗って聞こえ

眺めれば遥かに伸びた峠の道には
重い足取りの旅商人と牛たち
女のスカートが泥で汚れ　帰りの
ポプラが黄色く褪せた坂道で

ぼくたちは恋をすることになったらしい
くたびれて気の抜けた　あの退屈な恋を
黍畑に風が立ち秋分になっても
通りにも屋根にも看板にも胸にも
白っぽい埃だけが積もっていた

「鳥嶺」訳注一覧

牧渓市場

【牧渓市場】牧渓は忠清北道忠州市にある地名。「牧渓の渡し」と称されたものの単なる舟の渡し場ではない、古くから栄えた南漢江の港町である。内陸部の農産物をソウルに運び、日用品や海産物などの物資をソウルから運んでくる舟で賑いを見せていたが、鉄道や橋が通ると川港としての機能は失われた。現在、南漢江の川辺にこの詩が刻まれた詩碑が建っている。なお、「チャント」は「市の立つ場所」の意で、常設市場ではない。牧渓では五日市であった

【青龍と黒龍】言い伝えでは、天で青龍と黒龍が戦って青龍が勝てば晴れ、黒龍が勝てば雨が降るという

【朴家粉】一九二〇年代初めに売り出された、韓国ブランドとしては初の化粧品。美しいパッケージで爆発的な人気を博したが、鉛成分を含んでいるという噂が流れ、一九三〇年代にはほぼ姿を消した

オホ　タルグ

【オホ　タルグ】昔ながらの方式で墓をつくる際、墓に雨水が入ったり動物に荒らされたりするのを防ぐために地面を突き固める作業（タルグジル）をする。その作業に使う長い棒のような道具がタルグである。「オホ　タルグ」はこの地固めをする時に歌われる民謡で、数人の男たちが背中を内側に向け輪になって歌いながらタルグで地面を突く。道具や作業の呼び名、歌詞、地固めのやり方などは地方によって少しずつ違う

四月十九日、故郷にて

【四月十九日】一九六〇年四月十九日、大統領選挙において不正が行われたことに反発した学生と市民による大規模なデモが発生し、当時の大統領李承晩《イースンマン》が辞任した（四《サ》・一九《イルグ》革命）。しかし、それから一年もしないうちに朴正熙《パクチョンヒ》らの軍事クーデターが起こり、長い軍政時代が始まる

【通禁】韓国では米軍の軍政下にあった一九四五年九月七日、ソウルと仁川《インチョン》を対象に夜間通行禁止令（通禁）が下された。一九五四年四月には全国に拡大、夜十時から早朝四時までの通行が禁止され、一九六一年には時間が午前零時から四時までに短縮された。一九六四年には済州《チェジュ》島、一九六五年には、海に接していないという理由で忠清北道《チュンチョンブク》が通行禁止

地域から除外された。この詩の背景になっている村は忠清北道にあるため、通禁がない。

通禁の時間帯に外に出ているのを見つかれば罰金を支払わなければならなかったが、クリスマスイブや大晦日の夜は例外とされた。通禁はソウルオリンピック（一九八八）の開催決定を機に一九八二年一月五日に解除され、現在はない

【石ころ】原詩で「トゥル（野原）」となっているのは誤植で、「トル（石）」が正しい

月を越えよう

創作と批評社　一九八五

シッキムクッ――恨みを抱いてさまよう霊魂の唄

安らかに行けと言いよるんじゃ　わしに向かって　安らかに行けと
折られた首　切られた手足　引きずり抱え
夜も昼もない黄泉《よみ》への道を　千里も万里も
安らかに行けと言いよる　わしに向かって　安らかに行けと

眠れと言いよるんじゃ　わしに向かって　安らかに眠れと
麦畑　原っぱ　砂原に伏せて
血が固まりついた両眼を永劫に閉じたまま
眠れと言いよる　わしに向かって　安らかに眠れと

握れと言いよるんじゃ　ずたずたに裂かれたこの手で
血まみれのあの手を　優しく握れと
日の光輝き鳥が歌う
温かい風の吹く新しい日が来たから
握れと言いよる　裂かれたこの手で握れと

折られた首　切られた手足では　わしゃ行けんぞよ
血の固まった両眼　安らかに閉じられん
握れんぞよ　この裂けた手では握れん
血まみれのあの手を　わしゃ握れん

戻ってきた　血の固まった眼をむいて　戻ってきたぞよ
折れた首　切られた手足を引きずり抱え
空に大霜降りよと　ぎりぎり歯ぎしりしながら

ずたずたに裂けたこの手では握れんぞよ
血まみれのあの手を　わしゃ握れん
路地に　市場に　工場の庭に　渡し場に
後から後から湧きおこる黒雲になって戻ってきたぞよ
たけだけしい喚き声になって戻ってきたぞよ

故郷の道

誰にも会うつもりはないよ
昔の家の縁側に座れば
今も壁に鼠の小便のしみがあるはずだ
塀の向こうで茱萸《しゅゆ》の古木の葉っぱが揺れたら
釣瓶で汲んだ井戸水を飲み
鋏をがちゃがちゃ鳴らす飴売りになって
赤トンボ飛ぶ夕焼け道をうろつくんだ
廃石散らばる市場通りなんか行かない
ぼくの好きだった娘が
店先で刺繍をしていたコムシン屋も行かない
堆肥が積まれた牛市場で
当てもなく金脈を探す山師になって

夕暮れの白い月を見ながらぶらぶらぶらするさ
雑炊で飢えをしのいだら
町に向かうバスに乗るよ
追われるごとく　逃げるごとく生きてきた者に
人生は時に切ない
長い稜線　黒い空の星を眺めつつ
うっかり迷いこんだ旅人のふりして出て行くよ

「月を越えよう」訳注一覧

シッキムクッ―恨みを抱いてさまよう霊魂の唄

【シッキムクッ】クッはムーダン（巫女）が神に供え物をして歌いながら踊り、祈る儀式。シッキムクッは全羅道地方に多いクッで恨みの多い魂を慰め、あの世に安らかに送るのが目的である。「洗い流すためのクッ」といったほどの意味

故郷の道

【鋏をがちゃがちゃ…】村々を回って商売をする飴屋は、大きな鋏をがちゃがちゃ鳴らす音でその到来を知らせた

貧しい愛の歌

実践文学社　一九八八

貧しい愛の歌——ある若い隣人のために

貧しくたって寂しいものは寂しい
お前と別れた帰り
雪の積もった路地に真っ青な月の光が溢れるのだから。
貧しくたって怖いものは怖い
二時を告げる時計の音
防犯隊員の笛の音や蕎麦ムク売りの呼び声に
目を覚ませば遠くで大きな機械の回る音。
貧しくたって恋しさは捨てられない
お母さん会いたい、と何度も声に出してみるけれど
家の裏の柿の木に鵲のために一つ残してあるはずの

真っ赤な柿や風の音なんかも恋しくはあるけれど。
貧しくたって愛することは知っている
ぼくの頬に触れたお前の熱い唇
愛している　愛していると囁いていたお前の息
帰って行くぼくの背後で泣き出す声。
貧しくたって知っている
貧しいからこそ　こうしたものを
このすべてのものを捨てねばならないということを。

満月

名前だけはそれらしいミニスーパー
ラーメンやトイレットペーパーを積んだ
棚の上は埃にまみれ
金櫃《かねびつ》から千ウォン札二、三枚つかんで出れば
男は夜まで行方知れず
女ときたら真昼間から花札ざんまい
朝から晩まで客は来ず　その代わり店の前には
魚屋や雑貨商が車をとめて安いよと叫んでる
それでも正月だから岩山ではマダンクッが催され
鉦《ケンガリ》のリズムに心がはずむ

夕暮れどき　花札をやめた女が出てみれば
坂道をふらふら歩くわが亭主の影
ため息みたいな　泣き声みたいな肩の上
盆みたいな　真鍮《しんちゅう》の盆みたいな月が出る
喧嘩したりいちゃついたり　ごっちゃまぜのサンドンネを
からかい　あざ笑いつつ　正月十五日の月が昇る

川を見て

速い流れもあれば
のろのろとした流れもある
大きな流れや
小さい流れもある
冷たい流れもあれば
あまり冷たくないのもある
川底ばかり流れる水もあるし
上の方ばかり流れるのもある
また真ん中だけ流れる水もあるけれど
用心深く端っこばかり

選んで流れる水もある

後ろのが前のを追い越したり
前にいたのがうっかり遅れて後ろになったりもする
声を上げて争ったり
肩や腰を殴ったり叩いたりしながら
けらけら笑うこともある
互いの肉や血の中に入り込んで
一つにからみあってみたり
また分かれて別々に自分の道を進んだりもする
時には谷間を流れる清らかな小川と合流して
大きな流れになったり
人々の間をかきわけてきた汚ない水を
仲間として受け入れることもある

橋の下も過ぎ牛市場や米屋の前も通り過ぎる
山と野を過ぎ
岩と石の隙間を苦労しながら巡りもする
そうしてみんな海に行く

人生もこれと同じだ
川の水を見てればわかる
すべての声　すべての話　すべての歌
すべての考え　すべての争い　すべての善悪
ぼくらのすべての暮らし　すべての葛藤
みんな抱きとめて海に行く
深くて広い　大きくて長い　川を見ればわかる

山について

山だからといって　すべてが大きく高いのではない
すべてが険しく切り立っているわけではない
大きく高い山の麓で
はしゃいだり笑ったりしながら低く伏せている山もあり
険しく急な山裾を
そっと抜け出し　村まで下りて
人間たちの暮らしを羨ましそうに見物している山もある
そして高い山を登る人たちに
とってもなだらかな道になってやったり
ひと目を避ける若い恋人たちのため
温かい愛の隠れ家になってやったりもする
だから低い山は　うちの近所だった

カンナニんちの部屋の茣蓙《ござ》みたいに垢じみて
ぼろ布団のように小便臭いけれど
イヌガヤ　満州菩提樹　岨菜《そばな》　紫苑《しおん》に覆われ
山雀《やまがら》　オオヨシキリ　鶯《うぐいす》の歌を
聴く喜びは　低い山だけが知っている
人々が憎み合い　殺し合いでもしそうな勢いで
歯ぎしりして爪を立てても　やがてまた
葛や山葡萄の蔓《つる》みたいに仲良く絡みあう
人の世の面白味を知っているのは低い山だけ
人間がみな大きく立派な人ではなく
誰もが声を張り上げ堂々としているのではないように
山だからといって　すべてが大きく高いわけではない
すべてが白い雲を手挟《たばさ》んで
肩で風をはね返しているのではないのだ

洪《ホン》川《チョン》江《ガン》

両手を背中で組み洋犬のように走りながら受ければ
チョコレートとビスケットを投げてくれるジョージやトムよりも
レーションひと箱盗んでジープの後ろに鎖でつながれ
前や後ろに転びながら練兵場を回る間抜けな大人たちが憎かった
その年の冬はいつになく雪がたくさん降り
ぼくがベネットという白人将校の靴下を洗い靴を磨き
野戦ベッドで将校の足元に眠り
遠く聞こえる野砲の音に目を覚まして
テントの外に顔を突き出すと
砂利まじりの雪が顔を叩いた
煙草一本　ドロップひと粒に黄ばんだ歯を見せて笑う
村の老人が　ぼくは夢の中ですら憎かった

月の晩にはヤマイヌの遠吠えに混じって
中共軍が吹くというチャルメラの音も聞こえるのだが
頭にシラクモのできた子供だけを集めて写真を撮り
薄氷の張った川に缶詰を放り投げ
飢えた子供たちを慌てて水に入らせる　あの
白人将校は韓国を愛していると言った
真夜中でも彼は金髪をした娘の写真を出してすすり泣き
ぼくは遠からずヤンキーの代わりにオランケの
靴下を洗い靴を磨くようになるのかも知れないと
つまらない心配で寝つけないことがよくあった
祝宴を見物しに行けば　いたずらで銃をぶっ放して客を追い払い
退屈しのぎに牝牛を打ち殺す黒人兵士よりも
口を開けば恩人だと言って彼らの肩を持ち
ぺこぺこしながら酒をもらう村の大人が　ぼくは憎かった

とりわけ夜は寒く恐ろしく　真夜中に
折れたポプラの枝がテントを殴りつけ
死んだ兵士たちの笑い声を立てて氷の割れる洪川江が
その年の冬ぼくに教えてくれたのは憎しみだけだった
戦争で灰になった町をうろつきながら
枝折戸《しおりど》を押してみたり筵《こも》をはいでみたりするＧＩよりも
町の娘たちの方が憎らしく
英語を習うのだと追いかけまわす女学生がもっと憎くて眠れない
そんな月夜には背後でヤマイヌが吠え
雪の上を滑るようにチャルメラが響き　遠からずこの地方にも
中共軍が来るという噂で
洪川江は冬じゅうずっと落ち着かなかった

年が明けても

年が明けても何も変わらない
鉄の門に落ちる朝刊の音
朝っぱらから路地で大声を上げて
弁当のお菜を売り歩くしわがれ声の女
月日が経つのに何も変わらない
郵便受けには土の匂いのする年賀状
北に追放された友人宛ての手紙は
二十年間埃をかぶったまま
年を取っても何も変わらない
心は広くなるどころか刃《やいば》のように狭くなり

使い古したぼくの備忘録のゆらゆら揺れる空欄には
許せない相手の名がまた増えた
新しい陽《ひ》が差しても何も変わらない
新年には変わろうというぼくの決心
嘘になるとわかっていながら騙されて
そうしてるうちぼくは老いぼれ　すれて　卑怯になってゆくんだな
年が明けても何も変わりはしない

「貧しい愛の歌」訳注一覧

満月

【マダンクッ】クッ（七十六ページ「シッキムクッ」訳注参照）に集まってきた鬼神を送るための最後のクッ。マダンは庭の意

【正月十五日】韓国において「テボルム」と呼ばれる陰暦の一月十五日は伝統的な祝日であり、一年の無病息災と五穀豊穣を祈るためのさまざまな風習がある。この日の満月は特に神聖なものとされ、夕方には月に祈りを捧げたり、その年の作物の出来ぐあいを占ったりする

山について

【カンナニ】「生まれたばかりの赤ん坊」という意味で、以前は女の子の呼び名としてよく使われた。男子尊重の風潮の中で女の子の誕生は歓迎されなかったため、生まれてすぐには名前をつけずに「カンナニ」と呼び、後で別の名前に変えた。だが、「カンナニ」という名前のままで生涯を過ごす場合も少なくなかった

洪川江

【洪川江】江原道《カンウォン》洪川郡、春川《チュンチョン》市、京畿《キョンギ》道陽平《ヤンピョン》郡を経て北漢江《プッカンガン》に流れこむ川。この作品は朝鮮戦争を背景にしている

【オランケ】蛮人の意で女真族を呼ぶのに使われた言葉であるが、ここでは中共軍のこと

道

創作と批評社　一九九〇

川辺の村の春——可興《カフン》にて

一瞬にして何千、何万の人を殺せる凶器が
村に向かって大口を開けた川辺で
裸の外国人兵士たちが
口笛と鼻歌でホームシックを慰めている
それでも春だから塀や屋根は
連翹と杏の花で覆われてはいるけれど
老人が二、三人　網の手入れをしているだけで
誰もいないみたいに静かなのは
高い鼻の兵士たちの戦争ごっこを恐れて
みんな薄暗い部屋にこもっているからだ

群れをなして山の彼方に飛び去った飛行機は
四十年前と同様　作物の植わった田畑へ
爆弾を好き放題にばら撒いて来る
その都度よみがえる血と死の叫喚に
村人は耳を塞ぐ
かつては荷物を積んだ舟や筏《いかだ》が川を埋め
よそから来た舟人たちの歌と笑い声で
賑わっていた川辺の村が　今では
花とともに盛りを迎える戦争ごっこのせいで
春なのに春が来たようには思えない

夢の国コリア——黄池《ファンジ》にて

埃まみれの汚れたテーブルに
すっぱいキムチと豆腐の和え物
幾重にも喉にたまった石炭の粉を洗い流そうと
せっせと焼酎の椀を持ち上げる
たくさんの真っ黒な手
塵肺症で入院した息子の
面会に行ったおかみの代わりに
真っ暗なカウンターを出入りしていた主人が
鉱夫たちより先に酔った
鉱山での三十年

得たものは貧しさと病気だけだと
給料日はまだ先なので
つけにして一人二人と帰って行くドアの
外で降る雨も黒く
夢の国コリア
夢の国コリア
テレビでは女の歌手の白い歌声が
昼間でも夜みたいに黒い
家と人々を嗤《わら》っている

北朝鮮の貧しいこども——智島《チド》にて

ソウルに出稼ぎに行った母ちゃんは二年間も便りがない
父ちゃんも母ちゃんを探しに出かけて何月にもなる
あと半月で帰るよと
たまに電話をよこす父ちゃんはいつも酔っている
二人の妹に朝ご飯を食べさせ学校に送り出し
十二の姉は毎日欠かさず停留所に出てみるが
バスから降りてくるのはソウルの地上げ屋ばかり
夕方疲れて帰れば
食べたラーメンの鍋を放り出したまま
妹たちはテレビアニメに見入ってる

また夕食代わりのラーメンをつくり
十二の姉は日記に書く　電話も
テレビもない北朝鮮のこどもはかわいそうだと
貧しい北朝鮮のこどもたちが哀れだと
父ちゃん母ちゃんがお金を稼いで来ると信じつつ

荘子に寄せて――元通《ウォントン》にて

雪嶽山《ソラクサン》の大青峰《テチョンボン》に登り
足元にかがんで伏せている大小の山や
落っこちやしないかとひどく怖気づいて
丘や谷に張りついている集落や
せめて膝あたりまでには近づこうと
やきもきしている海を見下ろすと
世の中のすべてが見えるようで
また世の人々の生き方がすっかりわかってしまいそうでもある
それでいて束草《ソクチョ》に下りて一晩泊まり
中央市場で咸鏡《ハムギョン》道の婆さんたちと

シベリアの歌を肴に焼酎も飲み
避難民の身の上話も聞いて
翌日には元通に来て裏通りに入り
小便や汗の匂いを嗅ぎ　罵り合う声も聞き
安宿でニンニク商人と言い争ったり
若い軍人夫婦の痴話喧嘩の声に寝つけなかったりしてみると
どうも世の中は山の上から見るのと必ずしも同じではないらしい
ひょっとしてぼくたちは今　世の中を
あまりにも遠くから見ているのではないだろうか　あるいは
あまりにも近くから見ているのではなかろうか

智異山《チリサン》 老姑壇《ノゴダン》の麓——黄梅泉《ファンメチョン》の祠堂の前で

世間が騒がしければ騒がしいほど
高い声ばかりが聞こえ
あたりが暗ければ暗いほど
大きな身ぶりばかりが見える
声が高ければ高いほど
隙が多く
身ぶりが大きいほど　そこに
嘘が混じりやすいということを
知らないではないのに
妙にそちらにばかり耳が傾いたり

目が行ったりするのは
どうしたことであるか

竹を削ってその先に
墨をつけ
肌の下に文字を刻むがごとく
生きて死ぬということは
悲しいことだ
低い声　小さな身ぶりで
肌の下に
憤りを隠し
生きて死ぬことは
美しいことだ
朝な夕な

真っ青な空を戴いた
老姑壇を仰いで

山影——霊岩《ヨンアム》にて

朝早く旅館を出ると　通りには
夜の間に桜の花が咲いていた
しばし花の香に酔い
道端にしゃがみこんでいると
豆もやしを買って帰る途中の中年のおかみさんが
どこか痛いのかと心配そうにのぞきこむ
案内されてヘジャンクク屋に入り
窓の向こうに聳え立つ山の峰を見る
窓枠の下で身をすくめているおかみさんの肩を見る

空と世の中を支えているのは
山だけではなかった

牛博労《うしばくろう》のシン・ジョンソプさん

霊興島《ヨンフンド》で出会った牛博労のシン・ジョンソプさんは
たった三言《みこと》で牛を追う
手綱を持ってイリャイリャと引っぱり
よそに行こうとする牛をオデョオデョと引き留め
疲れて息が上がればウォーウォーで止める
牛博労のシン・ジョンソプさんは何だってわかる
牛の目がぱちくりしただけで　どこが痒いのかわかり
耳をぴくっとさせただけで　どこが痛いのかわかる
牛を追って行く道のどこいらに
溝があり石が埋まっているのかも全部知ってるし

道で会うよその牛の年齢や
性質までもたちどころにわかる
だから牛博労のシン・ジョンソプさんはたった三言で
世の中を追い立てようとする人たちが憎い
人々はどこが痛くて
どこが痒いのかも知らないくせに
イリャイリャで引っぱり
オデョオデョで治めようとする愚かな人々が
憎いのを通り越して気の毒だ
どこに水があって
どこに火があるのかも知らないで
ウォーウォーだけで止めようとする人たちが
気の毒を通り越して哀れですらある
三言だけで世の中を追い立てようとして

水や火の拷問で人を
こん棒や足蹴りで国を掌握し
しまいには性拷問で自ら獣になった
間抜けな人たちをそっくり捕まえてきて
何だって知っている牛博労のシン・ジョンソプさんは
そいつらの息子や娘まですべて捕まえてきて
百年ぐらいは牛博労をやらせたいと思う
夏も冬も島をさまよう牛博労を
千年ぐらいは　やらせてみたい
たった三言で逆に牛に引かれる
とってもおとなしい牛にしてやりたいと思う
イリャイリャ　オデョオデョ　ウォーウォーだけで牛を追いながら

「道」訳注一覧

川辺の村の春――可興にて

原注：可興は南漢江の川沿いにある村の一つ。昔は江倉（地方から集めた国の税穀、賑恤《しんじゅつ》米、軍糧米などを都に運ぶために保管しておく所、訳者）があって忠清北道、慶尚北道、江原道の穀物が集まる水上交通の中心地でもあったが、今は毎年春にチームスピリットの訓練の中心になっている。最後の部分は「春来不似春」（『漢書』の王昭君の逸話に由来する故事成語、訳者）の表現をそのまま借りた

夢の国コリア――黄池にて

【黄池】江原道太白《テベク》市にある地名。炭鉱があったが、一九八〇年代末頃には、ほぼ廃鉱になった

北朝鮮の貧しいこども――智島にて

原注：智島は新安《シナン》（全羅南道《チョルラナム》の地名）の漁村。昔は島だったが今は陸地と橋でつながっている

荘子に寄せて――元通にて

原注：『荘子』秋水篇に「大知観於遠近」（大きな知恵は遠くからも近くからも見る）という一節がある

【元通】江原道麟蹄《インジェ》郡にある地名

【東草】江原道《カンウォン》東草市。海に面している

【咸鏡道】現在は南道と北道に分かれ、北朝鮮に属する行政区である。北は豆満江を隔てて中国、ロシアに隣接する

智異山 老姑壇の麓――黄梅泉の祠堂の前で

【智異山老姑壇】智異山は全羅北道《チョルラブク》、全羅南道《チョルラナム》、慶《キョン》尚南道《サンナム》の境にある山。老姑壇はその連峰の一つで、千五百七メートルの峰

【黄梅泉】本名黄玹《ファンヒョン》（一八五五～一九一〇）。朝鮮時代末期の学者。日韓併合の知らせに接するや、憤慨のあまり「絶命詩」を残して自害した

山影――霊岩にて

【霊岩】全羅南道霊岩郡

牛博労のシン・ジョンソプさん

【牛博労】牛のよしあしを見分けたり、売買したりする職業

【霊興島】仁川《インチョン》沖にある島

【イリャイリャ】牛を歩かせる時のかけ声

【オデョオデョ】牛が歩く方向を調整する時のかけ声

【ウォーウォー】日本で「どうどう」と言うのと同

じように、牛馬を停止させる時のかけ声

倒れた者の夢

創作と批評社　一九九三

羽

川に行けば川に　山に行けば山に
ぼくにくっついたもの　あの厄介なものたちを放り出し
桟橋に行けば桟橋に　市場に行けば市場に
ぼくの持っているもの　あのくだらないものたちを捨てる
身軽になった帰り道　ぼくは
鳥のようにすいすい空を飛ぶ夢を見る
しかしどうしたことだ　ひと晩のうちに　投げ出したもの
捨てたものが　またくっついて体が重くなるとは
こうしてぼくは空を飛ぶ夢を捨てるのだが
誰が知っていただろう　集まって積み重なり　重なって層をなし

それらが徐々に大きく固い羽に育つなんて
ぼくは再び空を飛ぶ夢を見る
川に行けば川で　市場に行けば市場で
昔　ぼくが投げ出したもの　捨てたもの
その厄介なもの　くだらないものをまた拾って
自分の羽をもっと大きく堅固なものにしながら

パゴダ公園で

兎のごとく崖を逃げていた山人《やまびと》と
追いかけて銃を撃っていた狩人が
篠懸《すずかけ》の木の下で将棋を差している
山人が包《ポ》で宮《クン》を攻め
肩踊りで勢いをつければ
狩人が尻尾を巻いて後退する
黄昏《たそがれ》どきには二人が
肩を並べて屋台をのぞいたりもするだろう
だが性急に結論を出さないでおこう
歴史とは霧のようにすべてのものを

こんなふうに覆って過ぎゆくものだと
こんなふうに埋めて流れてゆくものだと
今日も真夜中に地中深く
あの大きな泣き声が響くのだから

下山

いつの頃からか　ぼくは
山に登りながら得たものどもを
ひとつひとつ捨てはじめた
一生かかって集めたすべてのものを
頭や身体からぱたぱた払い落としはじめた
積み重ねたものは崩し　掘ったものは埋めた

山を下りてしまって
身体も心も空っぽになる日
どうすることができよう　その日が

ぼくがこの世を去る日になろうとも
生きることの裏と表が
すっかりわかるようになる　その日が

「倒れた者の夢」訳注一覧

パゴダ公園で

【パゴダ公園】ソウルの鐘路にあるタプコル公園のこと

【山人】山岳地帯でゲリラ活動をしていたパルチザンを「山の人（サンサラム）」と呼んだ

【包、宮】朝鮮将棋の駒

母と祖母のシルエット　創作と批評社　一九九八

母と祖母のシルエット

幼い頃ぼくはランプの下で育った
夜中に目を覚まして見るのは
ミシンを踏む若い母と
糸を巻く老いた祖母
ぼくはそれが世界のすべてだと信じていた
少し大きくなるとカンテラの下で遊んだ
外は漆黒の闇
じいじいと音を立てて真っ青な炎を上げる明かりは
酔った荒くれ鉱夫たちと
支払いが遅いと押しかけて来て無理をいう　その

女房連中の姿ばかり浮き上がらせていた
少年時代は電灯の下で過ごした
仮設の芝居小屋の派手な看板や
商店のまばゆい明かりを見ながら
ぼくは世界が広いことを知った　そうしてそれから

ぼくは都会に出た
あちこちうろつく楽しさも知った
海を渡って遠い世界に飛んで行ったりもした
たくさん見て　たくさん聞いた
だけど遠くへ行けば行くほど　たくさん見聞きすればするほど
不思議にぼくの視野はだんだん狭まり
網膜にはとうとう
ミシンを踏む若い母と

糸を巻く老いた祖母の
シルエットだけが残った
ぼくにはこれが再び
世界のすべてになった

のろい欅《けやき》

祖父はトゥルマギに杖をついて
風のごとくすいすいと八道を巡るのが夢だった
家から市場　市場から家までよたよた歩き
欅の木を一本植えると　小川の向こうに葬られた
祖母は山を越え都会で暮らすのだと口癖のように言っていた
大きな釜を市場に引きずってゆき　うどん屋をして
欅が五尺ほど伸びた頃　祖父の傍らに葬られた
父は大金を儲けるのだと法螺《ほら》ばかり吹いていた
鉱山や危ない商売でひと山当てようとあがいたあげく
中風で倒れて安養飛山里《アニャンピサンリ》の山裾の家に寝つき
霊柩車でがたがた運ばれると　祖父の足元に横たわった
その間　欅はようやくまた五尺伸びただけ

ぼくの夢は狭苦しい欅の陰から抜け出すことだった
だから川を渡り山を越えてひた走り　みずから
祖父や祖母や父とは違う人間になった
ぼくはいつも　そんな自分が誇らしく満足だった
しかしぼくもとうとう山を越え川を渡り　寸分違わず
祖父と祖母と父の足元に埋められる時が来た
それが嫌で必死に走るのだが
欅はじつにゆっくりと伸びる

父の陰

ともすれば父は真夜中に
酔ってのびた酒場の女を背負って帰ってきた
母は黙ってスープをつくり
祖母はこの家ももう終わりだと拳を振り上げたが
家にしみついて何日も抜けない
安物の香水の匂いが　ぼくは嫌だった
ときおり父は市場で
労賃を受け取っていない鉱夫に胸倉をつかまれたり
一緒に仲良く馬鹿踊りを踊ったりした
借金を取りに来て客間に居座り　ぼくに

酒や煙草のお使いをさせる火薬商人もいた

父を憎悪しながらぼくは育った
父のすることは決してしない
これが生涯を通じた座右の銘になった
ぼくは借金をしなかった
酔った女を背負わなかったし
博打で夜を明かすこともなかった
父はかえってそんな息子を立派だと言い
ぼくは得意満面だった　そして今では
父が中風で倒れた年齢を過ぎたが
ぼくは自分が間違っていたと思ったことがない
一生を息子の反面教師として生きた父を
哀れだと思ったこともない　だから

ぼくはいつも堂々として後ろ暗いところがなかったが　ふと
鏡を見て驚く　自分の姿はそこになく
小心で気の弱った父がいたから
真っ昼間に酔った女を抱いて表を歩き
鉱山で派手に金《かね》をばらまいていた父ではなく
鏡の中には仁寺洞《インサドン》でも鍾路《チョンノ》でも
意のままにふるまうことも　大口をたたくこともろくにできない
老いてみすぼらしい父がいた

猫

触れるものすべてをめらめらと焼きつくし
周囲を明るく照らす火だった
だから夢であり道であった　　闇の中で彼は

日差しの中に出ると猫になった
塀の下や木陰でうずくまって眼を光らせ
鋭い鳴き声を上げる厄介者になった
触れれば真っ黒な炭になるのが怖くて皆が敬遠する
孤独で美しい声になった

鳶《とび》

地上に生きるすべてのものの
歓呼と喝采のなか　天高く舞い上がり
羽をさっと広げて大きな円を描き
皆が歌や踊りにうつつを抜かしていると見ると
矢のような放物線を描いて急降下し
幼いものときれいなものだけ選んで
爪を立てて脇腹を裂き
軟らかい内臓をついばんだり
鋭い嘴で目玉を抉って食べ
再び天高く舞い上がり

怯えていっそう狂乱する群れの上を
血塗《ちまみ》れの羽を誇りつつ空を飛ぶ
偉大な鳶よ

枯れ木に雪の降りしきる日

ソウルと忠州《チュンジュ》を往復するバスの車掌や助手たちがわいわい言いながら入ってきて汗を流しつつクッパを食べていた長湖院邑《チャンホウォンウプ》のあのクッパ屋を訪ね

中東に出稼ぎに行っている間に逃げた女房を探すのだと言い包丁を懐に呑んで夜更けに精米所の主人の家に行き強盗にされて捕まったブローカーが縄に縛られたまま座っていたあの大部屋に座り

白内障を患っていたぼくの父のいとこが貧民のための無料手術を受けに上京したとき洞簫《トゥンソ》を吹いてくれたお礼だと言って食事と酒に交通費までくれたおかみの今はその店の主人となった息子を呼び出し

五日市が早く終わり昼間から酒盛りをする白菜売りや塩辛売りの男たちと一緒にピリピリ辛いクッパに漬けたてのキムチを入れて焼酎を一杯やりたいような

枯れ木に雪の降りしきる日　世は乱れ　娘は病気で寝ているけれど

息苦しい列車の中

顔なじみがひとりふたりと降りてゆく
降りたくないと　もがいた末に
乱暴な手で引きずり降ろされる人もいれば
笑みを湛え
余裕たっぷり
身体を半ば外に突き出している人もいる
外は真っ黒に凍てつき
ぷかぷか浮かんだ列車はその闇を走り

ぼくも身体半分ぐらいは外に出てるんじゃなかろうか
汗の匂いや生臭い匂いで息苦しい列車の中
新しい顔ぶれに親しみ軽口をたたいているけれど

自分の降りる駅が遠くないことを忘れて

とても遠い道――牡丹江《ぼたんこう》にて

童話の本で読んだ
高粱を刈り取った広大な遼東平野にぼくが憧れていた時
彼は小さな手でその地面を耕していたし
彼が独立軍の兵士たちから高句麗の気概について教わっていた時
ぼくは鸚鵡のように「国民の誓詞」をそらんじていた
彼は朝鮮抗米戦争で兵士として戦い
ぼくはハウスボーイになって
彼に銃を向ける米軍将校の靴下を洗った
彼が文化大革命の渦の中で
雑鬼神　西洋おばけと言われて鞭打たれ監獄に入れられた時
ぼくは隠れて毛沢東の本を読み息を殺していた

いまぼくは彼とともに
遼東の果てしない平原に浮かぶ月を見ている
拳骨と足蹴りと水と火をかきわけて
お互いに別のとても遠い道を回り
ここまで来たのが
つまらないような夜

老いた闘士の歌——延吉にて

鋼鉄のごとき社会主義者の力はひたすら
革命で得た自分たちの利益を守るのに使われていると言いながら
脚と生涯を革命に捧げた老戦士が苦笑する
人はとてつもなく醜悪だったねえ
とてつもなくひ弱だったねえ

ソウルとピョンヤンから運ばれてきた
奇形の双生児みたいな新聞を並べ
病んだ祖国の消息を語る夜更け
「青き服と共に去りし　花のごとき我が青春……」
今ぼくの耳に聞こえる　あの「老いた闘士の歌」は幻聴だろうか
資本主義の強い病原菌であちらこちら腐りはじめた

北方の小都市に降る夜の雨は
夏でも冷たい

孫家荘小学校——青島《チンタオ》紀行

校庭で体操を教える　髪を後ろで束ねた女の先生は
干《ひ》鱈《だら》のように痩せている
遥か遠くには天高くそびえ立つ嶗《ろう》山《ざん》の奇岩連峰
学校の傍らには澄んだ小川
赤い教室ではぼそぼそと本を読む声
イー　アール　サン　スー　先生は甲高い号令で
異邦人のくだらない好奇心を遮断する
カメラを向けてもにこりともしない　かぼそい肢体
風雨にも揺らがぬ強靭な木
子供たちの前で敏捷に飛び跳ねる鹿　その
埃だらけの運動靴
化粧っけのないざらざらした鼻筋ににじみ出る宝石

ぼくは孫家荘に来て　ようやく
中国の小姐《シャオチエ》が
美しいと言われる理由を知った

友君酒店の小姐《シャオチエ》——青島紀行

背の高い酒店の小姐はよく笑う
青島ビールをくれと言っても笑い　魚を注文しても笑う
釜の蓋みたいに黒く大きな手でテーブルを拭きながら
言われたことがわかっても　わからなくても笑う
便所までは常設市場を横切って約四百メートル
先に立って八百屋と羊肉屋と餃子屋の間をくねくねと
すり抜けながら笑っている
大小便でぬかるむ地面を爪先立ちで跳んで
ドアのない便所の便器に座り
我慢していた小便を勢いよく出しながらも笑う
ためらうぼくに早く用を足せと手で示しながら笑う

戦争博物館——ベトナム詩篇

帝国主義者たちが逃亡する際に捨てていった
おぞましい装甲車

拷問道具や死刑台の前でも
ホーチミン大学の女学生は
明るく笑う
亜熱帯の背の高い木々を
背景に

出口に群がる

物乞いの人々の間に
両腕のない中年の男が混じっている
傷痍軍人だ

猛虎部隊や
白馬部隊が駐屯していた時
彼はどこにいたのだろう

ポケットの中で
一ドル札を握りしめた
ぼくの手に
汗がにじむ

一杯飲み屋「宝屋《たからや》」の軒先で――京都にて

「社会主義を超える地平はない」
あれはソルボンヌの塀で見た
サルトルの落書きを真似たやつ
その落書きの下で四人の大学生が盛んに論争中だ
社会主義は決して没落したのではない、と
聞きなれた口調に
ぼくは下手な日本語でさりげなく口をはさむ
それなら亡びたのは現実社会主義だけなのか、と
若者はソウルも京都も同じだし
ぼくの台詞もありきたり

そう　身ぶり手ぶりで笑う楽しみもあるさ

くだらない言葉遊びを終えて飲み屋を出れば
大粒の雨が小気味よく降りしきり
ぼくはしばし雨宿りをしながら
堀川の裏通りを仁寺洞《インサドン》と錯覚する
社会主義が滅亡するはずはない、
たとい貧しくとも主体の国は美しいのだ、と
他国のことや自国のことを声高に論じる声が
焼き鳥の煙とともに
子供の頃ひもじかった記憶を呼び覚まし
ぼくは今更のように寂しくなる
宝屋の軒先で

「母と祖母のシルエット」訳注一覧

のろい欅

【トゥルマギ】民族服の外套

【八道】全国各地

【安養】京畿道安養市。ソウルの南に位置する

枯れ木に雪の降りしきる日

【長湖院邑】京畿道《キョンギ》利川《イチョン》市にある邑。邑は行政単位の一つで、人口二万人以上五万人以下の小都市

【洞簫】尺八に似た笛

とても遠い道――牡丹江にて

【牡丹江】日本が開発した町で、中国黒龍江省の東南部に位置しており、朝鮮族が多く居住する。「彼」と呼ばれる老人は若い頃朝鮮独立運動や朝鮮戦争で戦い、現在は中国で暮している

【国民の誓詞】一九三七年に朝鮮総督府が皇民化教育の一環として暗誦させた言葉で、児童用は「私どもは大日本帝国の臣民であります」など三つの文章から成る

【朝鮮抗米戦争】朝鮮戦争の中国での呼び名

老いた闘士の歌――延吉にて

【延吉】延吉市は中国吉林省延辺朝鮮族自治州政府の所在地で、現在は韓国文化の影響を強く受けている

【「老いた闘士の歌」】韓国のフォーク歌手金敏基《キムミンギ》によってつくられ、のちに楊姫銀《ヤンヒウン》がタイトルを「老いた軍人の歌」と変えて歌った。「青き服……」はその歌詞の一節

孫家荘小学校――青島紀行

原注：孫家荘は青島にある村。嶗山は青島にある、奇岩怪石でできた名山

【小姐】中国語で「お姉さん」の意。主に若い未婚女性に使う敬称、あるいは呼びかけの言葉

戦争博物館――ベトナム詩篇

【猛虎部隊や白馬部隊】アメリカの同盟国としてベトナム戦争に参戦した韓国が派遣した部隊の別名。勇猛で知られた。南ベトナム武装共産ゲリラを掃討する際、良民を虐殺したという疑惑が出されている

角《つの》

創作と批評社　二〇〇二

さすらいびとの唄

片田舎の特定郵便局で何か置き忘れたような気がする
もの寂しいどこかの無人駅に誰かを捨ててきたような気がする
だからぼくはふと立ち上がり列車で出かけ
雪降る狭い路地をうろついたり
ゴミの散らかる市場通りものぞいて歩く
忘れ物を探そうと

いや　この世に来る前　あの世の果てに
ぼくは何かを置き忘れ
寂しい渡し場に誰かを捨ててきたのかも

あの世に行ったら　またこの世に
捨ててきたものを探して　さまよい歩くのかもしれない

帰り道

軽やかに歩いてゆきたい　夕陽の斜めに射す山道を
長い影を夕闇に埋めながら
ポケットに両手をつっこんで
鼻歌を歌うのもいいだろう
過ぎてみれば　どれもいちように色あせた水彩画
通りを埋め　街に溢れた喊声も
退くまいと固く握り合った手も
すべて肌についた軽い埃のようなもの
何百もの夜を涙で明かした痛みも
血で胸に刻んだ憎しみも

軽やかに歩いてゆきたい　それらすべてを
夕闇に埋めながら
ぼくがかすかに触れてきたすべてのものを埋め
最後にぼく自身をも埋めながら
夕陽の斜めに射す　家に帰る山道を

雨

妻が故郷に葬られた日は雨が降っていた
掘り返された赤土が雨に流れる山裾
テントの中でおかみさんたちはスープをよそいながら涙を浮かべた
若い夫の無能とだらしなさを嘆きながら。
あの日も雨が降っていた　年甲斐もない悪ふざけが
恥ずかしくて口答えもできず供述書にみずから判を押し
留置場の床に身を投げだして
都会の喧騒を恋い焦がれた夜も。
雨が降っていた　彼女と別れたあの秋
無力なぼくの手に突き刺さった憐憫と軽蔑の視線

髪が濡れ首筋が濡れ木の葉が濡れ
ぼくたちの長年の慄きと喜びが濡れ。
彼が死んだ日も雨が降っていた　怖くて
ひどく怖くて忘れようと彼を忘れようと
遠くに逃げ　隠れて泣いていた日
彼の言葉を忘れようと　顔を忘れようと。

その日も雨が降るだろう　ぼくがこの世を去る日
脱ぎ捨ててゆく着古した服と靴を
偽りと怠惰のぼろきれを
冷たく激しい雨に打たせつつ。

砂漠

とつぜんぼくは周囲が見知らぬものに感じられた
いつも見ていた窓がなく　窓に映っていた見慣れた顔がない
山や家　木も花も見慣れないし　すれ違う顔はどれも遠い
市場を歩いても意味のわからない言葉ばかりが聞こえ
喫茶店に座っていても何も聞き取れない

しばらくの間ぼくはうろたえたけれど　どうしたことか　間もなく
目の前が明るくなった
耳もよく聞こえるようになって

死後の世界みたいな荒涼とした砂漠にぼくを閉じ込めていたのは
見慣れた顔　耳慣れた言葉だったのか
知っている顔がなく他人の言葉が聞き取れないために
初めて得られるこの自由と解放感

目の前に広がっているのが
もう一つの砂漠であることを知らないではないけれど

わが虚妄なる……

もっと遠く　もっと広い世界を見るため
城壁の中にいる時は城壁を崩そうと一生懸命だったのに
城壁が崩れた今　必死になって再び城壁を積み上げようとする
自分が鳥になって空中にふわふわ飛んで行くのではないかと恐れ
木の葉のようにひらひらと窪地に落ちてしまうのを恐れて

角《つの》

恐ろしい角はあっても一度だって使ったためしがない
手綱に引かれ牛小屋から田畑までの間を
死ぬまでのしのし行ったり来たり
時には顔を上げ　遠くの空を眺めるが
そこに別の世界があることはわからない

彼は自分で考える必要がない
犂《すき》を引き　主人に命令されるまま
来いと言われれば行き　止まれと言われれば止まる
豆かすと干し草で腹が膨れれば
大きな目をしばたたいて　もぐもぐ反芻するだけ

屠畜場の前で死を予感し
涙を二、三滴垂らしもするが　ほどなく
肉と革に分かたれ　一方は食卓にのぼり
もう一方は靴になることを彼は知らない
恐ろしい角は何気なくゴミ箱に捨てられるだろう

隣人

血の気のないその顔が嫌いで　焦点の合わない　その
瞳がいやで　ぼくは遠くに逃げる
自分が彼らと同じでないことを喜び　だらりと落ちた
肩を憎悪し　曲がった脚を憎悪しながら

懐かしくて　とつとつとしたその話し方が懐かしくて
ともすれば泣き顔に変わってしまう　その笑顔が懐かしくて
ぼくは帰る　自らの内部に存在する彼らを
確かめ　彼らの中に改めて自らを探しながら

再び去ってゆく　野鼠のようにあちらこちらへ押し寄せる　その
気まぐれが嫌いで　横目でちらちら見る仕草がいやで

彼らの中に混じった自分が憎くて　ずっと
彼らから離れられない自分を憎みながら
あまりにも簡単に彼らを捨てる自分を憎みながら

犬

止まれと言われれば止まり　座れと言われれば座った。行けと言われれば行き　戻れと言われれば戻った。追えと言われれば追い噛みつけと言われれば噛みついた。そうして、

年老いて元気がなくなると主人は彼を犬買いに売った。そして彼の肉は皮から剥がされ貪欲な人たちの食卓にのぼった。主人もこのうえなく愛していた犬の肉を食べ、たいへん満足した。

その犬は死んで安物の革しか残さなかった。革よりももっと貴い教訓を残したという嘘とともに。

銀河

奴は手当たり次第呑みこんでしまう巨大な鯨
本とテレビと冷蔵庫を呑み乗用車を呑んでいたが
最後には村を呑み人間まで呑みこんでしまった
とうとうぼくらは奴の腹の中に入った
奴が傾くたびあっちに寄ったりこっちに寄ったりしながら
転び　倒れ　互いに頭をぶつけ

誰が敢えて鉄の串を研いで腸壁を刺すとか
紙のような燃えやすい物を集めて点火することなど考えるものか
くしゃみでぼくらを吐き出させるより先に

奴がこれ以上揺れ動くのが怖いのだから
そうしているうちぼくらの身体は
腐敗物にまじって徐々に溶けてゆくだろう
天のあの高みに　また銀河はひときわ青く

火

お盆には先頭に立ってポックを叩きサンモを回していた造り酒屋の配達夫や　普段はのろまなくせに運動会の長距離競走ではいつも先頭を切って運動場に帰ってきた水利組合の給仕や　彼らの小さな掘っ立て小屋を仕切っている板を這い上がっていた紫色の朝顔や大声で笑いさざめいて水を汲むおかみさんたちの黒い足を濡らしていた朝露や……

ぼくは水があるのだと思っていた　地中を流れ　ふと地殻を破って湧き上がり　消えたものや死んだものどもを爽やかに濡らし蘇らせる水が。　しかし　どうすることができよう、やたら美容院に行くのでパーマというあだ名のついた造り酒屋の娘や　結婚の日取りが決まってから真夜中に同僚教師と駆け落ちした校長の娘や　クークークーと霧の中で青大将の鳴き声を出していた鳩や　鳩の鳴き声を追って川に身を投げたその母親や　日差しを追って丘の上にゆらゆら這い上がっていた川霧や……

このすべてが白い灰となり空中にひらひら舞い散ったとしても。
水の代わりに火があって　懐かしいものの暖かいものをそっくり燃やしつくす火があって。
ぼくの形骸すら残さず焼きつくす火しか
この地上にはなくて。

手紙

1

義姉《ねえ》さんのつくったご飯しか食べたくないと言って、遅くなってでも必ず夕食を食べに来ていた叔父さんは、喜んでいましたか。

大事な嫁に川で洗濯なんぞさせられんと無理やり家に水路を引き込んで、底にカワニナを入れドジョウまで飼っていたお祖父さんは、何をして過ごしていましたか。

お父さんはそちらでも酒を飲んで麻雀をしていたんでしょうか。友達を大勢連れて帰って酒の肴をつくれと無理を言う癖も、相変わらずかな。

何かにつけ一升枡《ます》を持って麦を借りに来ては涙を浮かべていた書《ソ》堂《ダン》の叔母さん、馬車屋の息子と密通して駆け落ちした末に、男の子を一人連れて実家に戻り父親の顔色を窺いながら暮らしていた、お父さんの従妹のおばさん、二度と実家の世話にはならないと年に十二回誓いを立てながらも実家の店の裏部屋をなかなか出てゆけなかった石油屋の、お母さんの従妹のおばさん……みんな集まって、さぞかし騒々しいでしょうね。

2

朝晩顔を合わせて騒いだり　互いに気遣ったり　喧嘩したりしていた人たちに再会したんだろうから　この世から送るぼくの手紙な

んぞ

お母さんは見る暇もないだろう。

鮭

君のお父さんはあんなふうに死んだだろう、
村の広場で袋だたきに遭って。
菰《こも》に包まれ共同墓地に向かう日
村は家ごとに門を閉ざし鍵をかけたね。
お母さんが君を負ぶって明け方に出てゆくと
家には火が放たれた　村の
災いはこれより永劫に去れ、と。

わからん、君が戻ってきた心情は
とうてい理解できんな。生きていると
怨みも懐かしさに変わるのか？　荒波を
必死で遡っているうちに忘れたと、

憎しみも痛みもすべて忘れたとでも言うのかい？
ああもちろん　産むがいいさ、
鮭の卵よりもっと美しい　輝く卵を。

夢——江邑記2

夜釣りをする若者たちについて行き、むかし渡し場のあった所の近くにテントを張った。夜中の十二時になっても鮒一匹かからないから釣り竿はそのままにしておいて焼酎で酒盛りを始めた。真っ黒な山影が水辺を覆う。コノハズクが鳴く。その時一人の客が訪れた。四十年来この地で釣りをして暮らしているという。彼は釣り竿も魚を入れる魚籠《びく》も持たない。酒を酌み交わした末にちょっと眠って目が覚めてみると彼はもうどこかに消えてしまっていた。

彼を見たという人もいない。

野兎《のうさぎ》——江邑記4

新しくできた動物病院の院長は脚をひきずっていた。前のピザ屋は野兎みたいに口をもぐもぐさせてピザを食べる子供たちでいつもいっぱいだった。院長は霧の深い散歩道で病気の野兎を拾ってきた。一週間心をこめて世話をしてやると野兎は子供たちのように凛々しくなってきた。車に乗せ遊園地のずっと奥へ入って山に帰す日には、ぼくも同行した。翌々日、野兎は戻ってきた。お前は山で暮らすんだよと言って車に乗せ再び遊園地に行き放してやったが、また戻ってくる。また車に乗せようと思って近づくと、地下室に逃げたり屋上で隠れたりするのだそうだ。院長は、どうしても都会にいると兎が不幸になる気がするのであらゆる努力をしてみたけれど、ついに諦めた。兎がこっそり子供たちの間に混じって子供たちと同じようにもぐもぐとピザを食べていたからだ。新しくできた動物病院の院長は脚をひきずっていた。前のピザ屋は自分の住んでいた山を捨てた野兎たちでいつもいっぱいだった。

「角」訳注一覧

火

【お盆】韓国の農村でも陰暦七月十五日の盂蘭盆には一日中仕事を休んで遊ぶのが慣例であった

【ポックを叩きサンモを回し】農楽を演奏しながら踊っている様子を表したもの。サンモは長い紐のついた帽子で、農楽のリズムに合わせて紐をくるくる振り回して踊る。ポックに関しては五十三ページ訳注参照

ラクダ

創批《チャンビ》 二〇〇八

ラクダ

ラクダに乗って行こう　あの世へは
星と月と太陽と
砂しか見たことのないラクダに乗って。
世間のことを聞かれたら何も見なかったみたいな顔で
手ぶりで答え、
悲しみも痛みもすっかり忘れたように。
もういちど世の中に出て行けと誰かに言われたら
ラクダになって行く、と答えよう。
星と月と太陽と
砂ばかり見て暮らし、

帰りにはこの世でいちばん
愚かな人をひとり　背中に乗せて来るよ、と。
何がおもしろくて生きていたのかわからないような
いちばん哀れな人を
道連れにして。

異域

深い皺だらけのあの老人はうちの近所の人だったに違いない。

眼に微笑を湛えたおかみさんは　ぼくが抱いたことのある女かも知れず。

日差しの明るい路地は　ぼくがいっとき気に入って住んでいた所じゃなかろうか。

ドアの前に置かれた植木鉢のパンジーも　壁をつたう朝顔も　何だか見覚えがあるような。

ずっとこの地域に暮らす人々は　話し方も似たり寄ったり。

あまりにも懐かしいから　彼らの手についた泥まで懐かしいから。

ひょっとしたらぼくは前世で眼の青い異邦人だったのかもな。
今度は彼らの小さな馬に乗ってこの世に来るんじゃなかろうか。
あまりにも懐かしいから　彼らの眼にたまった涙まで懐かしいから、
　ぼくが最後に
落ち着く所で一緒に過ごす人たちと同じくらい懐かしいから。

帰り道で

肝だの胆嚢だのを出し　夢も追憶も取り出して埃と騒音にまみれ
た飲み屋や通りに並べ
通行人を呼びとめて薬売りみたいな口上をひとしきり　ついでに
時代遅れの流行歌なんぞもまじえ
日が暮れればまたひとつひとつ拾い収め　帰りのバスから眺める
真っ赤な夕焼け
世の中は楽しく悲しいから生きてみるだけのことはある　たぶん

夕焼けは今そんなことをぼくに語っているのだろう

草原の星——モンゴルにて

ぺたぺた空にくっついている星の群れから
低いところに落っこちてきたあの星には
ぼくみたいな人がもうひとり住んでいるらしい、
生涯をかけてやってきたことが　ふとつまらなくなり
虚しさを埋めようとこの遠い国まで来たくせに
今度はそれまでつまらなくて　夕方から
寝て過ごすぼくを　真夜中にこっそり
呼び出すところを見ると。

草原のそこここに咲いた花を見せ

小型の馬のように草原に寝ころがる
すらりとした二人の娘の華やいだ
笑い声を聞かせるところを見ると。

僻地の市場でも山奥でも
探せなかった　ぼくみたいな人がもうひとり
あの星に住んでいるらしい、

すべて捨てるつもりでこの遠い国まで来ても
何も捨てられないでいる
中途半端なぼくと一晩中
一緒にいてくれるところを見ると。

ぼくはなぜ詩を書くのか

ぼくが詩を書くことに初めて懐疑を抱いたのは、文壇に出た直後だ。推薦された作品は「昼の月」「石塔」「葦」など、いわゆる純粋な抒情詩だったのだが、その当時ソウルは戦争の傷跡がまだ癒えておらず、爆撃や砲撃で崩れた家が至るところにあり、街は腕や脚のない傷痍軍人や、食べてゆく手段を求めてさまよう女子供であふれていた。上京していくらもたたない時分で、ぼくを捉えていたのは絶望感だったのに、ぼくの詩は、そんな絶望感とかけ離れていた。ぼくの抒情詩は、気持ちを正直に表現しているとは言えなかった。自分の詩は我々の生活とどんな関係があるのかと自らに問いつつ、懐疑の中でぼくは次第に詩から遠ざかった。

その頃ぼくがよく訪れたのは、清渓川《チョンゲチョン》と東大門《トンデムン》一帯の古本屋だった。暗渠化される以前、清渓川付近は俗に「ナイアガラ」と呼ばれる飲み屋がぎっしり建っていた。東大門に近づくにつれ飲み屋は古本屋に変わり、どの店も、食べ物と交換に書斎の奥から持ち出された本でいっぱいだった。学校は行ったり行かなかったりで、終日こうした本屋をぶらぶらするのがぼくの日課だった。ここでぼくはそれまで断片的にしか読んでいなかった白石《ペクソク》、林和《イムファ》、李庸岳《イヨンアク》といった詩人たちの作品を読み直すことができたし、河上肇、白南雲《ペクナムン》、全錫淡《チョンソクタム》のような社会科学者の名も新たに知った。そして、さらに重要なのは、ぼくと同じように何かを求めてさまよう、新しい友人ができたことだ。ぼくは彼らと一緒に本を漁り、お茶や酒を飲みながら夜遅くまで語り合った。外国で開かれているような読書会も組織し、間もなく目の前に新しい世が開けでもするかのごとく気勢を上げた。ぼくは世の中のために何もできない詩に興味を失い、文学がつまらなくなってきた。詩なんぞやめちまっても、それがどうだってんだ、などと生意気なことすら考え、詩に対していっそう怠惰になった。そんな時、仲良くしていた先輩の一人がある事件に巻き込まれて逮捕されたのを契機に、臆病者のぼくはいったん田舎に引っ込むことにした。そしてこれが、十数年にわたる田舎暮らしの始まりになってしまった。

父は子供たちの学費と事業の失敗によってすでに農地をほとんど手放しており、畑すらろくにつくれないようになっていた。春には中庭で芍薬《しゃくやく》の根を掘って売り、食べ物に換えたほどだ。それに、ずっと月給取りとして暮らしてきた父は、突然襲ったこんな貧乏に敢然と立ち向かえるような人間ではなかった。田舎の家も、ぼくが安心して暮らせる場所ではなかったのだ。祖母は働きもしない父と子が向かい合ってご飯を食べているのに腹を立てたし、父は祖母が冷淡なのを、ぼくのせいにした。さらに耐え難かったのは、ぼくが何か大きなことをやってのけるに違いないという、何の根拠もない、母の確信と期待であった。ぼくは母の確信と期待に応えるには進路を変えなければと思ってあれこれ試みたが、どれ一つとして思いどおりに行くものはなかった。自然、ぼくは外を出歩くようになった。近くのダム工事現場で与太者の友人が働いていたから、そこで半月ほど厄介になったり、鉱山で働く先輩を訪ねて一ヵ月居候させてもらったり、行商をしている友人について何日も市場を回ったりした。実際に工事現場で何日か荷物を運んだこともあるし、鉱山で書記をつとめたり、商売をするのだと言って履物などの品物を仕入れて歩いたりもした。しかしいつも仕事がつらくて、すぐにやめてしまった。この頃の仕事のうち、それでもまともな職業らしいのは、塾で子供たちに英語を教えたり、家庭教師で小遣い銭を稼ぐことぐらいだった。十年近くぶらぶらしていたという方が、当たっているだろう。つまらない言動で友人たちに被害を与え、頭のおかしい奴だと言われたりしていた。この時ぼくは、食べてゆくということがどれほど大切で難しいことであるのか骨身に沁みてわかったし、この地は実に住みにくい所であるということも、初めて切実に感じた。

だが、ぼくはこの時に、また人生勉強をしたという気がする。それまでは農村に住んでいても、農村をちゃんと見てはいなかった。春はご飯が食べられず、夏も昼食は抜きで朝晩お粥を食べてしのいでいる隣人たちの事情を、自分の問題として理解できていなかったのだ。もっと重要なのは、我々の歴史の爪痕をあちこちに見ることができたという点である。たとえば、すぐ隣の村には同じ日に父親の命日を迎える家が十軒あまりあり、そのあたりは寡婦だらけだった。保導連盟だとか反逆者だとかと言って同じ日に虐殺された人が何人もいたし、またその報復で同じように殺された人もいたのだ。近所に暮らしながら、生涯顔も合わせないで暮らす人たちも大勢いた。

その頃は、ぼくが再びものを書く日が来るとは思わなかったけれど、もし書く機会が再び訪れたなら、他人ではない隣人たちの情緒や悲しみ、物語といったものから目をそらしてはならないと、漠然とではあるが、考えていた。それでもその十数年の間、詩に対する未練は捨てられないでいたらしい。一つも発表できないくせに、時折ノートなどに数篇の詩を書き散らしていたのだから。そうして書いたのが「雪道」「その日」などの作品だ。友人と英語の塾をやっている時、道で偶然会った詩人の故・金冠植《キムグァンシク》に、一緒にソウルに行ってまた詩を書こうと言われて飛び上がるほど喜んだのも、ぼくが詩を忘れられずにいたという証拠だ。それがあまり深い考えもなしに発せられた言葉であることを知らない訳ではなかったが、ぼくは彼に従って当てもなく上京した。詩を書かなければ生きていられないような気が、唐突にしてきたのだ。こうして上京し、十数年ぶりに詩を書いた。それが「冬の夜」である。この詩が新聞に出ると、友人たちは訝るような反応を見せた。ぼくの初期詩に好感を持っていたある友人は、長い間詩に接していなかったから感覚が鈍ったんじゃないか、という意味のことを言った。ぼくはそんな意見は意に介さないで、「田舎の本家」「遠隔地」のような、田舎にいた時、いつか必ず書いてやろうと思っていた詩を何年も書き続けた。詩はその時代の問題に対する質問であり答えであるという、詩についての自分なりの考えを持っていたからである。また、詩は人間が人間らしく生きるための条件をつくるのに、ある部分で責任を負うべきだと思っていた。詩も人と人が交わす対話である以上、疎通が重要であるとも考えた。『農舞』(一九七三)の詩篇は、この時書いたものだ。当時のぼくは、純粋の韓国語という概念に、過度に傾倒していたのではないかと思う。詩において、タイトルだけは仕方ないとしても、少なくとも本文から漢字は徹底して排除したし、外来語もできるだけ使わなかった。機会があれば、ハングルだけを使うべきだとか、純粋の韓国語を守ろうとかいう論旨の雑文を書くことも辞さなかった。

詩はその時代の要求に対する解答であらねばならないという命題に、ぼくは一時期、忠実だった。美しい世の中をつくるために、詩が多少なりとも貢献すべきだ、という考えも変えなかった。結局ぼくの詩は必然的に反維新・反軍事独裁的性格を帯び、ぼくは詩がじゅうぶん武器になり得るという過激な考えまで持っていた。しかし心の片隅には、もっと多くの人たちに感動を与える美しい詩を書きたいという誘惑が潜んでいたし、それが露見すると、後輩や仲間たちはぼくを文学主義者だと批判し、罵倒した。ぼくはこの批判と罵倒に、いつも弱かった。結局ぼくの詩は硬直せざるを得ず、いつからかぼくは詩を書くことが退屈で嫌になった。興が湧かなければ詩は書けないのに、ぼくはちっとも興が湧かなかったのだ。民謡に関心を持ち始めたのも、その頃ではないかと思う。民謡的情緒を詩の中に導入して自分の詩を一段階アップグレードしてみようというつもりだった。もともと民謡が好きだったぼくは、懸命に民謡を探し歩き、民謡と関係する仕事もしたり、民謡的性格の詩を試みたりした。だが、民謡との接ぎ木はぼくの詩をいっそう窮屈なものにした。民謡はやはり一時代前の情緒であり、現代を生きる言葉として蘇らせるのは、容易ではなかったのだ。民謡に執着した一九八〇年代の全期間が、ぼくにとって、詩を書くことがもっとも困難で退屈な時代ではなかったかと思う。

『道』（一九九〇）の詩篇を書きながら、ぼくは次第に民謡の重圧から解放された。「民謡は我々のもの」であるという単純すぎる論理を超え、学ぶべきものは学ぶにしても、捨てるべきものは果敢に捨てようと思ったのだ。この時もう一つ学んだのは、詩を書くことも、やはり何か新しいものを探し求める行為であるということであった。他人が理解できないもの、見られないもの、触れられないものを理解し、見て、触れるために探し求めること、それが詩作であるということに、民謡を探して歩く最後の段階で気づいたのだ。そうしたことをはっきり力強く話す時、誰もが出せる声ではなく、自分だけの声を出すことができるようになり、それが美しく感動的な詩になるのではないか、と思った。詩はその時代の質問であり答えであるという命題も同じだ。その時代の生活に深く根ざせばじゅうぶんで、それ以上の解答はあり得なかった。今日の自分の生活、我々の生活に忠実な詩を書こう、そう決心するとぼくは詩を書くことが少しずつらくになり、楽しくなった。「統一や労働問題を扱わない詩が、どうして今日の良い詩だと言えるのか」という、強風のごとく吹き荒れる一部の過激な叱咤を遮断すると、詩を書くことにようやく興が湧き、詩に活気が出てきた。

『母と祖母のシルエット』（一九九八）『角《つの》』（二〇〇二）の詩を書きながら、ぼくは自分の道を明確に定めた。とどのつまり、他人の見られないものを見、聞き取れないものを聞き、触れられないものに触れるために、思考の中、現実の中で思い切り走り、それを他人が出すことのできない声で歌うことがぼくの詩の道であったのだ。しかし自分の詩が、今日我々の美しい生を制約するさまざまな条件と立ち向かうことも、おろそかにすべきではない、という考えも捨てなかった。民族だの民衆だの民謡といったものが、これ以上ぼくの詩の足かせにならず、活気を吹き込んでくれる風になるだろうという確信も持てた。

だが『ラクダ』（二〇〇八）の詩を書いている時にずっと気にかかっていたのは、詩を書くという行為は、グローバル化、デジタル時代に最も不向きなものかもしれない、ということだ。すべてが急速に変化し、猛スピードで疾走する中、詩はどうしようもなくのろのろと歩むより他はないからである。ひょっとすると詩は、いつの日か捨てられる方言のようなものなのかもしれない。しかし急速な流れの中で、また世界の言葉がすべて一つに統一されてゆくグローバル化の中で、のろのろとした歩みや方言は、ただ単に無意味なものではないはずだ。そののろさと方言に、今日の我々の暮らしが抱えている葛藤と苦痛を減じてくれる光を見つけることもでき、病気と死を退ける命の水を探すこともできるのだ。ぼくは最近、きょろきょろしながらのろのろ歩いてゆく、という思いで詩を書いている。多くの人々が聞き取れない方言をつぶやきつつ。

（二〇〇八年二月）

「ぼくはなぜ詩を書くのか」訳注一覧

【十数年にわたる田舎暮らし】実際には、詩人は故郷に戻った七、八年後に妻を連れて再び上京し、ソウルの弘恩洞《ホンウンドン》でしばらく暮らしている。それから両親や祖母と共に安養《アニャン》に引っ越し、六年ほど暮らす間に妻、祖母、父が相次いで世を去った。ここで言う「十数年にわたる田舎暮らし」は、この安養時代も含む

【保導連盟】正式名称は「国民保導連盟」。一九四五年の日本の敗戦によって植民地から解放された韓国では共産主義が勢力を伸ばしていた。そんな中、大統領に就任した李承晩《イスンマン》は共産勢力に対する弾圧に乗り出し、一九四八年十二月に国家保安法を制定、翌四九年に思想保護観察団体である「国民保導連盟」を組織した。左翼からの転向者や元シンパ、共産党員の家族などはこの連盟に登録すれば処罰されないと宣伝し、加盟を勧めた。警察や協力団体が成果を上げるため、思想に無関係な人を騙して加盟させることも多かった。

　だが、一九五〇年六月二十五日に朝鮮戦争が勃発して人民軍がソウルに侵攻するや、李承晩大統領は保導連盟員や南朝鮮労働党関係者を危険分子とみなし、処刑を命じた。これに従い各地で軍、警察などが女性や幼い子供も含めた民間人の虐殺を行った。犠牲者の数は少なくとも二十万人、一説では六十万人から百二十万人にも達するという推定もされている。アメリカ軍もこれを関知しており、一部では虐殺に加担していたという報告もある。また北朝鮮においても、保導連盟に加盟していた人は裏切り者として粛清の対象となったという。

　李承晩政権が終わると真相追及を求める動きが起きたものの、朴正熙《パクチョンヒ》政権はこれを握りつぶし、パルゲンイ（アカ＝共産主義者）に関わりがあると見られることを恐れた遺族たちは、軍事政権下で口を固く閉ざした。以後、「国民保導連盟事件」は韓国現代史最大のタブーとなってきた。

　盧武鉉《ノムヒョン》政権に至ると同事件は「過去史清算事業」の対象の一つとされ、二〇〇八年の犠牲者追悼式で盧武鉉が大統領として謝罪を表明した

【ある事件】一九五八年の進歩党事件。曺奉岩《チョボンアム》ら野党・進歩党の幹部が北朝鮮のスパイと接触し、北朝鮮の主張する南北平和統一を主張した疑いで逮捕、

起訴され、曺奉岩が処刑された。李承晩大統領と与党・自由党が捏造した事件であると言われる

【金冠植】一九三四〜一九七〇。忠清南《チュンチョンナム》道論山《ノンサン》生まれ。初期には伝統的な抒情詩、後に貧しい人々の哀歓を歌う詩を書いた。新聞社の論説委員を務めたこともあり、国会議員に立候補して落選したこともある。酒癖と奇行にまつわる伝説は数知れない。晩年にはこれといった職業を持たず、貧困のうちに三十六歳の生涯を終えた。詩集『再び荒野へ』など

【維新】一九七二年十月十七日、韓国大統領朴正熙《パクチョンヒ》は全国に戒厳令を敷き、憲法を改正して独裁的な政治体制を確立し、これを自ら「維新体制」と名づけた

年譜

一九三五　四月六日　忠清北道中原郡《チュンチョンブクトチュンウォン》（現、忠州市）老隠《ノウン》面蓮河《ヨンハ》里上立場《サンイプチャン》四七〇番地において、父・申泰夏《シンテハ》、母・延仁淑《ヨンインスク》の四男二女の長子として誕生。本名は応植《ウンシク》。

一九四三　八歳　老隠国民学校入学。

一九四八　十三歳　忠州師範併設中学校入学。

一九五二　十七歳　忠州高等学校入学。

一九五五　二十歳　上京。東国《トングク》大学英文科入学。

一九五六　二十一歳　李漢稷《イハンジク》の推薦で『文学芸術』に「昼の月」「葦」「石塔」などを発表、創作活動を始める。

一九五七　二十二歳　故郷に帰り、職業を転々とする。

一九六五　三十歳　再び上京。韓国日報に「冬の夜」を発表して創作を再開。

一九六七　三十二歳　東国大学英文科卒業。

一九七〇　三十五歳　『創作と批評』に「雪道」「その日」「市じまい」「僻地」「山一番地」などを発表。

一九七三　三十八歳　詩集『農舞《ノンム》』を月刊文学社から自費出版。刊行前に妻・李康任《イガンニム》が三人の子供を残して胃癌で死去。

一九七四　三十九歳　処女詩集『農舞』で第一回万海《マネ》文学賞受賞。

一九七五　四十歳　『農舞』増補版を創作と批評社から刊行。同社のシリーズ「創批《チャンビ》詩選」の第一冊目となる。

一九七七　四十二歳　評論集『文学と民衆』（民音社）刊行。この頃、祖母、父が相次いで死去。日本語版『農舞』（梨花書房）刊行。

一九七九　四十四歳　詩集『鳥嶺《セジェ》』（創作と批評社）刊行。

一九八〇　四十五歳　「金大中《キムデジュン》内乱陰謀事件」に巻き込まれて収監、二ヵ月後に釈放される。これ以降、八〇年代にはいくつもの在野団体において重責を担いつつ民主化運動に尽力。

一九八一　四十六歳　第八回韓国文学作家賞受賞。編著『韓国現代詩の理解』（ハンギル社）刊行。

一九八二　四十七歳　詩の鑑賞集『われらの歌よ　われらの魂よ』（知人社）刊行。

一九八三　四十八歳　評論集『生の真実と詩的真実』（チョネウォン）、編著『農民文学論』（オンヌリ）刊行。

一九八四　四十九歳　民謡研究会結成、一九八九年まで議長。自由実践文人協議会顧問、民主化運動青年連合指導委員。

一九八五　五十歳　詩集『月を越えよう』（創作と批評社）、『民謡紀行』一（ハンギル社）、エッセイ集『真夜中に目を覚ませば』（ナナム）刊行。

一九八六　五十一歳　『韓国詩の理解』（ハンギル社）、エッセイ集『再び一つになれ』（語文閣）刊行。

一九八七　五十二歳　長篇詩集『南漢江《ナマンガン》』（創作と批評社）、文学選集『シッキムクッ』（ナナム）刊行。

一九八八　五十三歳　詩集『貧しい愛の歌』（実践文学社）、詩選集『我々の太鼓』（文学世界社）、エッセイ集『真実の言葉　自由の言葉』（世界文学社）刊行。

一九八九　五十四歳　『民謡紀行』二（ハンギル社）刊行。
一九九〇　五十五歳　紀行詩集『道』（創作と批評社）刊行。この詩集で第二回怡山《イサン》文学賞受賞。
一九九一　五十六歳　詩選集『夏の日』（未来社）刊行。韓国民族芸術人総連合共同議長。
一九九二　五十七歳　文学紀行集『川に沿って　アリランを追って』（ムニダン）刊行。民族文学作家会議議長。
一九九三　五十八歳　出国禁止が解かれ、延辺、白頭山など中国東北地方を旅行する。詩集『倒れた者の夢』（創作と批評社）刊行。この詩集により翌年第八回丹斎《タンジェ》文学賞受賞。
一九九五　六十歳　フランス語版『倒れた者の夢』（Gallimard社）刊行。十二月パリで開かれた「韓国文学の年」の行事に朴婉緒《パクワンソ》、高銀《コウン》、趙世熙《チョセヒ》らと共に参加。
一九九六　六十一歳　詩選集『葦』（ソル）刊行。
一九九七　六十二歳　東国大学碩座教授（大学が企業などの寄付金によって研究活動を支援する教授）を委嘱される。夏、四週にわたり中国東北部で朝鮮族の民謡を採集。

一九九八　六十三歳　詩集『祖母と母のシルエット』（創作と批評社）刊行。この詩集により第六回大山《テサン》文学賞、第八回空超《コンチョ》文学賞受賞。エッセイ集『詩人を訪ねて』一（ウリ教育）。コロンビアで開かれた世界詩人大会に参加、韓国の詩について講演。

一九九九　六十四歳　英語版『農舞』がアメリカ・コーネル大学の「コーネル東アジアシリーズ」として刊行。ドイツ・ハンブルグで開かれた「韓国文学の日」に李文烈《イムニョル》、金源一《キムウォニル》らと共に参加。

二〇〇〇　自伝エッセイ集『風の風景』（ムニダン）刊行。創批詩選二〇〇番発刊記念詩集『火はいつでも甦る』（創作と批評社）を編集。

二〇〇一　六十六歳　第六回現代仏教文学賞受賞。母死去。

二〇〇二　六十七歳　詩集『角《つの》』（創作と批評社）刊行。第六回万海文学賞受賞。エッセイ集『詩人を訪ねて』二（ウリ教育）刊行。

二〇〇三　六十八歳　ドイツ語版『祖母と母のシルエット』（Peperkorn 社）刊行。

二〇〇四　六十九歳　詩集『農舞』が二〇〇五年フランクフルト国際ブックフェア主賓国組織委員会から「韓国の本百冊」の一つに選ばれる。

二〇〇六　七十一歳　アメリカで英語版詩選集 A Love Song For The Earnest（Homa & Sekey 社）刊行。

二〇〇八　七十三歳　詩集『ラクダ』（創批、創作と批評社の新名称）刊行。

解説

詩人申庚林は一九三五年四月六日、忠清北道《チュンチョンプク》中原郡《チュンウォン》（現、忠州市）の上立場《サンイプチャン》という、鵝州《アジュ》申氏（鵝州は本貫《ポングァン》、すなわち氏族の始祖が生まれた所の地名）が集まって居住する村に四男二女の長子として生まれた。本名は応植《ウンシク》であるが、ここではペンネームである庚林《ギョンニム》を使って詩人の来歴について記す。

鵝州申氏は、非常に教育熱の高い、出世志向の一族であった。子供は最低でも高校は卒業させるというのが不文律で、子供たちが中学や高校に通学する便宜を図るために一族が共同で忠州市内に大きな家を一軒建て、二十人以上もの子供を寄宿させていたほどだ。親戚中には、ソウルの大学は言うに及ばず、日本の大学にまで留学してきた人が少なくなかった。

庚林の祖父は詩文を能くすることで近隣に名を知られた漢学者であったが、同時に開化主義者でもあって、進取の気性に富み、新式の学問を重んじる人だった。祖父は、向学心を持たず、田舎に埋もれている長男を好ましく思っていなかったこともあって、初孫に大きな期待をかけた。経済的にはそれほど裕福な家ではなかったものの、幼児期の庚林は、大きな家で祖父母に溺愛されて育つお坊ちゃんであったと言ってよい。

庚林の父は農業学校を卒業した後、農業の傍ら面《ミョン》事務所（面は行政区画の一つ。郡《グン》の下、里《リ》の上。面事務所は村役場のようなもの）、後には金融組合（農協の前身）に勤務していた。この父は、酒を愛し、麻雀を愛し、わけへだてなく人を愛する、無類の好人物であった。後述するように庚林の故郷は鉱山景気に沸いていたため、解放（一九四五年八月十五日、日本の敗戦で戦争が終わり、朝鮮半島が植民地支配から解放されたこと）後、他の地方の人々や、日本や満州から帰国した人たちが職を求めておおぜい流れて来ていた。父は、住むところがなくて困っている人を誰かれなく連れて来たから、庚林の家には居候が絶えなかった。

一方、良家の出身である庚林の母は、新式の学校には通わなかったとはいえ、漢学の素養を持つ聡明な人で、何より読書を好んだ。裁縫は、近所から頼まれてスーツヤコートまで縫い上げるほどの腕前だったし、夫の弟が、妻帯した後も毎日兄嫁のつくったご飯を食べに通ってきたほど料理も上手だった。ちょっとだらしない夫に文句も言わない温和な人柄は、誰からも愛された。夫の両親は、学問好きな嫁が実の息子よりも可愛く、夫の弟妹は実の姉のように慕った。夫も、「女房は本が好きでねえ」「うちの子は女房に似て勉強ができるんだよ」などと言って、妻の聡明さをそれとなく自慢していたという。

申庚林の作品に背景としてしばしば登場する故郷のようす、とくに金鉱について、少し説明しておかねばならないだろう。朝鮮半島は古くから金の産地として知られ、各地に金山があった。しかし高麗王朝の頃になると、宋、元、明によって金銀を搾取されるようになり、朝鮮王朝になっても明は金銀の朝貢を要求し続けたため、音《ね》を上げた朝鮮はついに、「もう金銀は出ない」と称して採掘を禁止するに至った。明が清に取って代わっても、この禁止は続いた。採掘のために耕地が荒らされたり、争いが起こったりするのを防ぐという意味もあったようである。

しかし近代に入ると、列強が乗りこんで来て鉱業権の獲得を争うようになった。さらに日本に併合されてからは産金が奨励されたため産出量が飛躍的に増え、一九三〇年代の朝鮮は、まさにゴールドラッシュの様相を呈した。小説家朴泰遠《パクテウォン》は、自身をモデルにした「小説家仇甫《クボ》氏の一日」（一九三四）の中で、当時の状況を次のように描写している。

> 改札口の前に男がふたり立っていた。（……）彼らを、仇甫は、無職であると確信を持って断定する。そしてこの時代に職を持たない人々は、たいがい金鉱ブローカーに違いなかった。仇甫は改めて待合室の内外を見渡す。そんな人物は、あちこちにいた。
> 黄金狂時代――
> （……）人々は時々刻々と成金になり、また没落していった。黄金狂時代。彼らの中には評論家や詩人といった文人すら混じっていた。

朝鮮半島で最も大きい金山は平安北《ピョンアンプク》道の雲山《ウンサン》、大楡洞《テユドン》の二ヵ所だったが、その他にも各地方に大小さまざまな金鉱が存在した。忠清北道もまた、金を豊富に埋蔵する宝の山であった。昭和十二年（一九三七）の『忠清北道要覧』は、忠清北道の鉱業としては金と黒鉛が代表的なものであり、金に関しては朝鮮半島有数の産金地として古くから注目されていたものの、近代的な採掘法や製錬法が行われていないため、鉱区が多い割には産出額が少ないと述べている。

　庚林の生家に近い泰昌《テチャン》鉱山は、一九二〇年代に日本人によって開かれた、忠清北道一円では最も大きい金鉱であった。一帯は鉱山労働者のための商店、飲食店、下宿屋、遊興施設で賑わい、道路の整備も進み、韓国の田舎としてはかなり早い時期に電気が通った。この時代、韓国の農家では油皿やランプで明かりを取るのが一般的であったようだが、申庚林の少年時代は明るい電球の光に彩られている。単なる山奥の農村ではないのだ。庚林は、各地方から流れて来た鉱山労働者や商人たちの、珍しい話や方言、民謡などに接しつつ、広い世界への憧れを育んでいた。

　そんな土地柄であったから、金を掘り当てて成金になった人の噂はあちこちで囁かれ、山っ気のある庚林の父も、早くから金鉱に興味を示していた。そして解放（すなわち日本の敗戦）直後、父はいよいよ鉱山の仕事に手を出し始める。当時、韓国では、鉱山の経営者は主な鉱坑だけを自分で直接経営し、それ以外の鉱坑を下請けに採掘させるという方式が採られていた。これを「分鉱」と言い、下請け業者を「トクテ」と呼んだ（日本の文献では「徳大」と書いているようだが、これはおそらく当て字であろう）。トクテは数名から数十名の鉱夫を雇用して定められた区域で自由に採鉱をし、その収入の六割か七割ほどを鉱主に納める。庚林の父はトクテではなく、トクテに出資して利益の一部を受け取る「鉛商《ヨンサン》」になった。晴れて、文字通りの山師の仲間入りである。

以来、庚林の家では市の立つ日ごとに豚一頭をつぶし、鉱夫十五人ほどが集まって酒盛りをするのが恒例となる。だが農協の給料を前借りし、しまいには公金にまで手をつけて投資しても金は思うように採れず、借金を返済するために、最も収穫量の多い畑を売却せねばならなかった。祖母は嘆いたが、父はなかなか諦めようとせず、投資はさらに失敗を重ねた。

父は次に、金の製錬を始めた。金の含まれた鉱石から金を取り出す方法は原始的なものから高度なものまでさまざまだが、この時、申家の納屋に据えつけられたのは、鉱石を粉砕して水銀に混ぜ、金を水銀に吸収させた後にそれを熱して水銀を除去する「混汞法《こんこうほう》（amalgation）」の製錬機だったようだ。金の闇取引が盛んに行われた時代であったから、この商売は繁盛した。庚林の祖母は、庭を箒で掃いて金の粉を探すのが日々の楽しみになった。毎日、指輪一つできるぐらいの金が集まり、祖母はそれを売ったお金で、当時では珍しかった製麺機を購入して町で製麺業を始めた。

しかし困ったことに、水銀には毒性がある。庭の木が枯れてしまい、家族は水銀の匂いと頭痛に悩まされたから、庚林の母は、金持ちになる前に家族全員が病気で死ぬのではないかと心配した。この商売は一、二年続いたようだが、やがて近代的な設備を備えた会社が製錬を独占するようになり、個人での製錬が禁止された。儲け仕事はできなくなったとはいえ、一家の健康のためにはむしろ幸いなことであったと言うべきだろう。

続いて父は、火薬の闇取引に手を出した。大量の火薬がトラックで運び込まれ、家中に積まれた。鉱山で働いた経験のある親戚の一人が家に訪ねて来た時、この様子を見て仰天した。うっかりすると、家も家族も木っ端微塵になりかねない。彼が警告してくれたおかげで、火薬は別の空き家に移された。この危ない商売は一、二年続き、かなりの利益を出した。

その次には、搗鉱《とうこう》用の水車を始めた。水力によって鉱石を砕く装置である。水車が石を砕く様子が珍しいと、村の人々が挙《こぞ》って見物に訪れた。しかし、従兄弟や知人と三人で共同出資したこの事業は思うように行かず、一年もしないで終わった。朝鮮戦争の頃になると鉱山自体が廃鉱になり、村は一挙にさびれる。

子供たちが上級学校に進学する頃、家計はいっそう逼迫した。父は、庚林がソウルの大学に入る学費を捻出するため土地を売却した。次男が大学に入る頃には農協を辞め、退職金を元手に、免許のある人の名義を借りて忠州市内で薬局を始めたが、これもうまく行かなかった。とうとう残った田畑を売り、家まで手放して、一家は狭い部屋を間借りして住むほど零落した。兄弟のうち下の三人は、中学もろくに通えなかった。

父は間もなく病臥し、回復してから別の職場を見つけて再就職したものの、やがて中風で倒れ、数年後に世を去った。人と話すのが何より好きな父は、倒れてからも客が訪れると不自由な体を起こし、回らない舌で話をしたがったという。


庚林が国民学校（小学校に相当）に入学したのは太平洋戦争の最中であった。銀縁の眼鏡をかけた、小柄な若い日本人の女の先生は、子供たちにとても優しかった。鉱山技師の奥さんだということだった。先生からときどき珍しいお菓子をもらっても、庚林は家では内緒にしなければならなかった。日本人を嫌う叔父に、ひどく叱られるからだ。

代表作の一つである「牧渓《モッケ》市場」の背景であり、詩人の雅号でもある「牧渓」という地名が庚林の頭に刻みつけられたのは、国民学校在学中のある日、学校の遠足で訪れた時のことである。庚林は、びっしり立ち並んだ商店、二階建ての家屋、荷物を満載した車や舟、珍しい品物を並べた市場の賑わい、川辺の松林など、華やかな川港に強烈な印象を受けた。牧渓の光景が脳裏に焼きついて離れない庚林は、授業中、何となく思い浮かんだ言葉をノートに落書きしていた。ところが、ノートに気づいた先生が、他の生徒の前でそれを読み上げ、「じょうずな詩だ」と褒めてくれた。これは、庚林が詩才を意識するようになる最初のきっかけだったかもしれない。

国民学校を卒業すると庚林は、忠州師範学校併設中学校に優秀な成績で進学した。中学校が終われば大半の生徒はそのまま師範学校に進学し、卒業後に小学校の教師として赴任するのだが、庚林は、そこで必須とされたオルガンが弾けないために、思いがけなくも挫折を味わうことになる。

朝鮮戦争が勃発したのは、その頃である。戦争の渦中では、義勇軍に強制徴用されることを避けるため、あるいは人民軍の敗残兵との遭遇を避けるために何日も山に隠れたり、国軍の将校が、坑道に隠れていた人を何の証拠もないまま逆賊と決めつけて射殺する凄惨な場面を目撃したりもした。しばらく学校を休んで米軍将校のハウスボーイをしたこともある。同じ村の人が敵と味方に分かれて憎悪しあう殺伐とした空気の中、庚林の叔父の一人も、国民保導連盟事件に巻き込まれて無念の死を遂げた。詩「廃鉱」において、「あの日連行された叔父は帰らなかった」と書かれているのはこのことである。

庚林は、文学好きの若い英語教師鄭春溶《チョンチュニョン》の強い勧めによって師範学校を半年ほどで辞めて忠州高校に入学し、大学進学を目指すことになった。後に鄭先生も忠州高校に転勤してきたため、交友はずっと続いた。また、忠州高校には柳宗鎬《ユジョンホ》（文芸評論家）の父、柳村《ユチョン》（本名、柳在衡《ユジェヒョン》）も国語教師として教鞭を執っており、何かと目をかけてくれた。この二人の恩師の援助と激励のおかげで庚林は、将来の志望をはっきりと文学へ定めることができた。また、同じ高校の一年先輩である柳宗鎬とは文学を語り合い、切磋琢磨する仲になった。大学時代にはソウルの狭い下宿部屋で一緒に暮らしながら、競い合って名詩をそらんじたり、書いたものを見せ合ったりした時期もある。

一九五五年、庚林はソウルの東国《トングク》大学英文科に入学したが、戦後の混乱が尾を引く状況下で設備も教授陣も整わない大学の講義は、知的好奇心を満足させてくれるものではなかった。庚林は、学業はそっちのけで文学に没頭する一方、新しくできた友人たちの影響も受けつつ、社会問題にも関心を深めてゆく。実家からの仕送りが途絶えて下宿代が払えず、友人の家を泊まり歩くような生活ではあったが、五六年の晩秋には『文学芸術』に「葦」などの作品を発表することにより、詩壇への登場を果たした。しかし、親しくしていた先輩の一人が進歩党事件に巻き込まれたことを契機として、累が及ぶのを恐れた庚林は、五七年の春、希望の見えない生活と文壇に見切りをつけて故郷に戻ってしまう。

　その後、約七、八年間は、故郷で職を転々としながら過ごした。鉱山で働いたり、阿片を買いつける商人の道案内をしてみたり、学校の臨時講師、塾の先生なども試みたが、どれも長続きしない。北朝鮮のスパイに対する厳しい取り締まりが行われていた軍事政権下で誰もが言論の自由を奪われ、密告に怯える暗鬱な時代であった。そんなある日、庚林は飲み屋で友人に酒をおごってもらいながら、酔った勢いで、「金日成万歳《キムイルソンマンセ》！」を叫び、北朝鮮の歌を歌ってしまった。これは、言いたいことも言えない閉塞感の中で自暴自棄になったあげく、つい危ない曲芸をして見せたに過ぎないのであるが、この無謀な言動は密告され、庚林は指名手配の身になってしまった。十数日間の逃亡劇は、牧渓の近くで不審尋問に引っ掛かった時にあっけなく幕を閉じた。結局、この時はひと月ほど留置場で暮らし、起訴猶予で解放された。

先の見えない田舎暮らしの間に妻帯者になっていた庚林は、ある日偶然、同郷の詩人・金冠植《キムグァンシク》に出会う。金冠植は、一緒にソウルに行ってまた詩を書こう、と言い、庚林はその言葉に応じて、新妻を連れて上京した。夫婦は、ソウル市西大門《ソデムン》区弘恩《ホンウン》洞《ドン》の丘の上にある貧民街のてっぺん、俗称「山一番地」と呼ばれる場所に金冠植が建てた無許可住宅に居を構えた。水道も電気もガスもない、不潔極まりない環境での、極貧生活である。しばらくして京畿道《キョンギ》の安養《アニャン》に小さな家を建てて転居することができたが、喜びも束の間、幼い子供三人を残し、妻が胃癌で急逝してしまった。さらに、それから数年のうちに祖母、父が相次いで世を去った。庚林は悲しい思い出がしみついた安養を去り、それ以後は、ずっとソウルで暮らしている。

一九七〇年、後に『農舞』に収められる詩篇を季刊誌『創作と批評』に発表するや、詩人・申庚林は俄然、世間の注目を浴びる。軍事政権と癒着した評論家が覇権を握り、いかがわしい芸術至上主義が横行する保守的な文壇において申庚林の透徹したリアリズムは、世人を驚かせた。その斬新さは、当時韓国詩壇に幅を利かせていた似非《えせ》モダニズムと、貧困を題材にしつつもその現実に深く分け入ることなく、感情的な嘆息に終始する脆弱なリアリズムを、二つながら一挙に否定し尽くすほどの衝撃であった。一九五〇年代以後、『農舞』出現以前の韓国モダニズム詩について述べておけば、それは金洙暎《キムスヨン》、申東曄《シンドンヨプ》など少数の優れた詩人を例外として、大半が「正当化され得ない難解性と、堅固ではない詩人としての自覚による軽薄な詩風が、読者との乖離を引き起こし、詩と詩人の社会的疎外を深めたと言うほかはない」（柳宗鎬「叙事衝動の抒情的探求」）という有様であったのだ。ただし、似非モダニズム詩との対比において語られ、リアリズムの詩と呼ばれることの多い『農舞』ではあるが、そこに見られる抑制の利いた描写は、むしろモダニズム的手法を駆使したものだと言うべきだろう。ともあれ、この詩集は韓国における農村の現実を詩に描いた「最初の成功例」（柳宗鎬、前掲文）であった。人々は、それまで抽象的な理念でしかなかった「文学と現実の一致」が詩作品として体現された実例を、初めて目の当たりにしたのである。

増補版『農舞』（一九七五）が創作と批評社の「創批詩選」シリーズの記念すべき第一号として出版された時、韓国文学に「民衆詩」の時代が到来した。後輩の詩人たちは民衆に理解できる言葉で詩を綴るようになり、彼らの詩集は廉価なペーパーバックとして出版された。誰もが手軽に詩集を手に取り、詩について語り出した。かくして申庚林は、押しも押されもせぬ韓国の国民的詩人としての地位を確立した。

ペーパーバックの詩集シリーズ「創批詩選」は、二〇一一年一月二十四日現在、三百二十六冊を数えている。創批《チャンビ》（「創批」はもともと創作と批評社の略称であったが、現在は正式な社名となった）のウェブサイトは、このシリーズの意義を次のように総括している。

> 現代詩史上、重要な役割を果たした申庚林の詩集『農舞』を出発点とした『創批詩選』の刊行は、歪んだ〝純粋主義〟を打破し現実を直視する詩を世間に披露、詩という

ジャンルが大衆読者からも熱烈な指示を得ることのできる価値のあるジャンルであることを証明しました。(http://jp.changbi.com/notice/18)

むろん、韓国に「民衆文学」が花開いたのは、申庚林ひとりの力ではないだろう。廉武雄《ヨムムウン》は「民衆の暮らし、民衆の歌」という文章において、七十年代民衆文学の代表的な文学者を挙げている。それによると、詩人では申庚林を筆頭に、李盛夫《イソンブ》、趙泰一《チョテイル》、金芝河《キムジハ》、鄭喜成《チョンヒソン》、李時英《イシヨン》、金準泰《キムジュンテ》、高銀《コウン》、小説家としては金廷漢《キムジョンハン》、李浩哲《イホチョル》、李文求《イムング》、朴泰洵《パクテスン》、黄皙暎《ファンソギョン》、趙世熙《チョセヒ》、尹興吉《ユンフンギル》などがいる。

朴正熙《パクチョンヒ》の軍事政権時代に、抑圧された人々の哀歓を描いて名を馳せた申庚林は、必然的に民主化運動に参画することになり、一九七四年一月の「改憲を請願する文学者の会」に参加してからは要視察人物として刑事に監視される生活が続いた。そのため職場勤めも長続きせず、有名人になっても経済的な困窮はずっと続いた。それでも庚林はいくつもの運動団体で重要な地位につき、また各地に招かれて講演をし、詩を朗読した。民主化運動の最も盛んだった一九七〇年代から八〇年代は、アンガジュマンの詩人申庚林が最も世間的な注目と称賛を浴びた時期だったと言ってよい。

しかしこの時期は、別の意味においては、おそらく詩人が最も不幸な時代でもあったのだ。政治的なメッセージを詩にこめようとすると、自由な発想、繊細な抒情が損なわれ、硬直した作品になりがちである。詩人にとっては、致命的なことだ。

庚林は、創作の突破口を民謡の伝統的なリズムの中に求め、また、集会を開くことすらままならない軍事政権下で友人と語り合ったり、旅行をしたりする口実をつくるために民謡研究会をつくり、各地の民謡を採集しに歩くようになった。その成果は長篇詩集『南漢江《ナマンガン》』(一九八七)などの民謡のリズムや歌詞を生かした創作詩や、『民謡紀行』(全二巻)を始めとする著作に結実する。しかし民謡のリズムも想像力を規制する窮屈な枠になってしまうことに気づいた時、「民謡詩」も放棄された。

一九九〇年代以降、申庚林の作品は急転回を見せる。ことに九三年以降は出国禁止が解かれ、世界各地で開かれる文学関係の行事に参加する機会が増えたため、外国に材を採った紀行詩なども多い。『道』（一九九〇）以降の詩は、初期の作品よりものびのびとした印象を与える。また、特筆すべきは「牛博労《うしばくろう》のシン・ジョンソプさん」のごとき、「個」の具体性にこだわった作品の出現である。いつ、どこそこに住む誰それ、というふうに実在の人物や場所の固有名を記すのは、「民衆」「農民」「労働者」といった抽象的なイメージを多用した民主化運動全盛期の作品が、ともすればステレオタイプに陥りがちであったことに対する反省として採択された方法論のように思われる。

詩集『道』については、一九九五年四月十七日に行われた鄭喜成《チョンヒソン》、崔元植《チェウォンシク》との座談会において、詩人本人がこんなことを語っている。

（……）いわば、八〇年代の詩的流行に迎合した自分自身に対する批判、という面もあったんですね。俺は何を偉そうに、統一がどうの、民衆がどうのと言ってるんだろう。そんなことを考えたんです。労働詩を書かなければいけないというので自分も労働詩を書いてみて、統一詩を書かなければいけないというから統一詩も書き、だけど、そんなふうに書いても決して良い詩はできないし、自分自身のためにもならないということに気づきました。だから、八〇年代の詩に対する批判は、他人に対する批判であるのみならず、自分自身に対する批判であり、反省であるという方が、大きいのです。

（「申庚林詩人との対話」『申庚林文学の世界』）

その一方では、観念的、寓意的な散文詩も多く書かれるようになった。年と共に死をテーマにした作品が増えるのは、ある意味自然なことではあるが、詩集『角《つの》』（二〇〇二）の、いささか厭世的な雰囲気は、最愛の母を失った悲しみが作用した結果ではないかと思われる。

円熟期を迎えた詩人は、文壇の長老としてどっしりと落ち着くよりも、見知らぬ遠い国に行くことを何より楽しみにしつつ、常に新しいものに挑戦しているようだ。最近では「童詩」というジャンルにも進出して話題を集めているそうである。

時は移り、韓国においても詩集の売れ行きは激減した。韓国の詩人もまた、現代において詩には何ができるのか、という世界同時代的な悩みを共有している。激動の時代を生きてきた詩人は、急速に似通ってくる文学シーンの中で、何を考え、何を書くのだろう。二十一世紀の今を生きる詩人としての申庚林に、今後も注目し続けたい。

（吉川凪）

【童詩】北原白秋の作った概念で、元来は大人が子供の気持ちになって書く詩を意味した。白秋の『思ひ出』の詩篇を想像していただければよいだろう。日本ではほとんど忘れられてしまった言葉であるが、韓国ではずっと一般的に使われている。

参考文献

申庚林他『申庚林文学アルバム』（ウンジン出版〈ソウル〉、一九九二）
具仲書・白楽晴・廉武雄編『申庚林文学の世界』（創作と批評社〈ソウル〉、一九九五）
申庚林散文集『風の風景』（ムニダン〈ソウル〉、二〇〇八）
『昭和十二年忠清北道要覧』（忠清北道編、一九三七）
渡辺万次郎『金砿と金砿床』（誠文堂新光社、一九三六）
山本勇三『産金』（ダイヤモンド社、一九三八）
渡辺弁三編著『朝鮮の金鉱と重要鉱物』（松山房、一九三四）

訳者あとがき

中庚林は私の師匠です。もちろん大学とは関係ないところでの詩の先生です。師匠には今でこそ「碩座《ソクチャ》教授」などという大層な肩書がついていますが、教授といってもときどき詩の特別講義をするぐらいだし、任命されたのもわりと最近です。

若い頃に出版社に勤めた時期もあったようですが、なにせ軍事政権下では危険人物と目されいつも刑事に監視されていたために、長くいられませんでした。詩人一人に専属の刑事をつけて毎日見張らせるとは、軍事政権もずいぶん気前が良かったものですね。マンツーマンで毎日顔を合わせていると互いに情も湧いてくるものらしく、次第に仲良くなって、田舎に帰るのに車で送ってもらったり（そんな遠くまで跡をつけていくのはたいへんだから、いっそ俺の車で行ったらどうだ、と言われたそうです）、その刑事の娘さんの結婚式に出席したり、というお茶目なエピソードもあります。そんなこんなで、それが本意であったかどうかはともかく、申庚林先生は生涯のほとんどをジャンパー姿で過ごしてきました。日本より詩集が売れるとはいえ、韓国でも他に定職を持っていない詩人は、やはり楽ではないのです。

二度目の留学をした一九九〇年代のなかば頃に弟子入りして以来、私は師匠の後について仁寺洞《インサドン》をよく歩きました。いろんな集まりに連れていってもらい、いろんな人に会いました。今となってみればそれも貴重な経験だったのでしょう。

小柄で若く見えると言われ続けた申庚林先生も（なにせ六十代の時でも白髪がほとんどなかったのです）、それから十数年を経て七十を過ぎるとさすがに髪の毛が白くなりはじめました。それでも「永遠の童顔」は、今も健在です。

何年か前、

「この頃は酒を飲まないと元気がなく、飲むと元気になるんだ」

「それ、アル中って言うんじゃないですか？」

という会話を交わした覚えがあるのですが、二〇一二年二月に東京に来られた詩人鄭喜成氏によると、師匠は最近になってようやく健康に気を遣うようになり、酒をぷっつりとやめてしまったそうです。

「夕方時間が余るから、本をたくさん読んで勉強してるらしいよ」

「おや、わが師匠もようやくモノゴコロがつきましたか」

永遠の童子は七十代なかばにして、ようやく大人になろうとしているのかもしれません。

忠清道の人というと一般的にはのんびりした話し方をすると言われていますが、申庚林先生の話し方はむしろ、せっかちな感じです。電話してもたいていい、「あ、うん、そう。また電話して」といった短い会話の後にあっという間に切られてしまうため、韓国人の友人ですら、「切られる前に用件を話さなければいけないと思って、緊張する」とこぼしていました。発音も標準語とは少し違うから、私なんぞはたいていい聞き返さねばなりません。でも、今はeメールという便利なものを使って下さるので、ずいぶん楽になりました。

師匠孝行のつもりで翻訳詩集を出そうと思ったのが事の発端ですが、学生時代から熱烈な申庚林ファンであるクオンの金承福社長が奔走してくれたおかげで、こんな美しい詩集が完成しました。

この詩集発刊に際して快く推薦の言葉を書いて下さり、対談の企画にも応じて下さった谷川俊太郎さんには感謝してもしきれません。でも、コドモのままオジイサンになったような二人の詩人の間に接点をつくれたことを、私たちはちょっと誇りにしています。

編集の谷郁雄さん、デザインの寄藤文平さんときれいな絵を描いて下さった鈴木千佳子さん、訳稿に貴重な助言を下さった尹英淑さん、その他、この詩集の誕生を助けて下さったすべての方々にありがとうと申し上げます。

二〇一二年五月十五日

吉川凪

シン・ギョンニム（申庚林）

1935年忠清北道中原郡（現、忠州市）に生まれる。東国大学英文科卒。
1956年『文学芸術』に「葦」などの詩を発表して創作活動を開始。
処女詩集『農舞』以来、民衆の暮らしに密着したリアリズムと優れた抒情性、
伝統的なリズムを採りいれた詩によって韓国現代詩の流れを一挙に変え、
「民衆詩」の時代を開いた。1970年代以後は文壇の自由実践運動、
民主化運動で重要な役割を果たした。詩集に『農舞』『鳥嶺《セジェ》』『月を越えよう』
『貧しい愛の歌』『道』『倒れた者の夢』『母と祖母のシルエット』『角《つの》』『ラクダ』、
長篇詩集『南漢江《ナマンガン》』があり、『申庚林詩全集』も刊行された。
散文の著作として『民謡紀行』一・二、『詩人を求めて』一・二、『風の風景』などがある。
万海《マネ》文学賞、韓国文学作家賞、怡山《イサン》文学賞、丹斎《タンジェ》文学賞、大山《テサン》文学賞、
空超《コンチョ》文学賞などを受賞。趣味は囲碁。

吉川凪（よしかわ　なぎ）

仁荷大学国文科大学院博士課程修了。文学博士。
著書に『朝鮮最初のモダニスト鄭芝溶《チョンジヨン》』、
『京城のダダ、東京のダダ——高漢容《コハニョン》と仲間たち』、
訳書としてチョン・セラン『アンダー、サンダー、テンダー』、
谷川俊太郎・申庚林『酔うために飲むのではないからマッコリはゆっくりと味わう』、
チョン・ソヨン『となりのヨンヒさん』、朴景利《パクキョンニ》『土地』、
『呉圭原《オギュウォン》詩選集　私の頭の中まで入ってきた泥棒』などがある。
キム・ヨンハ『殺人者の記憶法』で第四回日本翻訳大賞受賞。

ラクダに乗って　申庚林詩選集　新しい韓国の文学 04
2012 年 5 月 25 日　初版第 1 刷発行
2020 年 8 月 25 日　第 2 版第 1 刷発行

〔著者〕シン・ギョンニム（申庚林）
〔訳者〕吉川凪

〔編集〕谷郁雄
〔装丁・本文デザイン〕寄藤文平＋鈴木千佳子（文平銀座）
〔カバーイラスト〕鈴木千佳子
〔DTP〕アロン デザイン

〔発行人〕金承福
〔発行所〕株式会社クオン
〒 101-0051
東京都千代田区神田神保町 1-7-3　三光堂ビル 3 階
電話　03-5244-5426
FAX　03-5244-5428
URL　www.cuon.jp

〔印刷〕大日本印刷株式会社

ISBN 978-4-904855-13-3 C0098